Kadokawa Fantastic Novels

REKI KAWAHARA abec

SWORD ART ONLINE Progressive

007

川原 礫

插畫／abec

「怎麼啦，桐仔？
被姊姊的美腿給迷住了嗎？」
亞絲娜
被關進「SAO」的女性玩家之一。
改變自暴自棄的想法，以完全攻略
遊戲為目標。
亞魯戈
艾恩葛朗特內神出鬼沒的「情報
販子」。以「老鼠亞魯戈」的綽
號聞名。

「我……我才沒有哩！」
桐人
以到達艾恩葛朗特最上層為目標的劍士。原本是「獨行」玩家，但暫時和亞絲娜組成搭檔。

「千萬不可對妮露妮爾小姐失禮。」
琪歐
服侍妮露妮爾的NPC。
身上裝備著穿甲刺劍
與板甲的戰鬥女僕。

「亞魯戈，歡迎回來。
找到助手了嗎？」
妮露妮爾
住在窩魯布達大賭場內的
高級飯店的NPC少女。

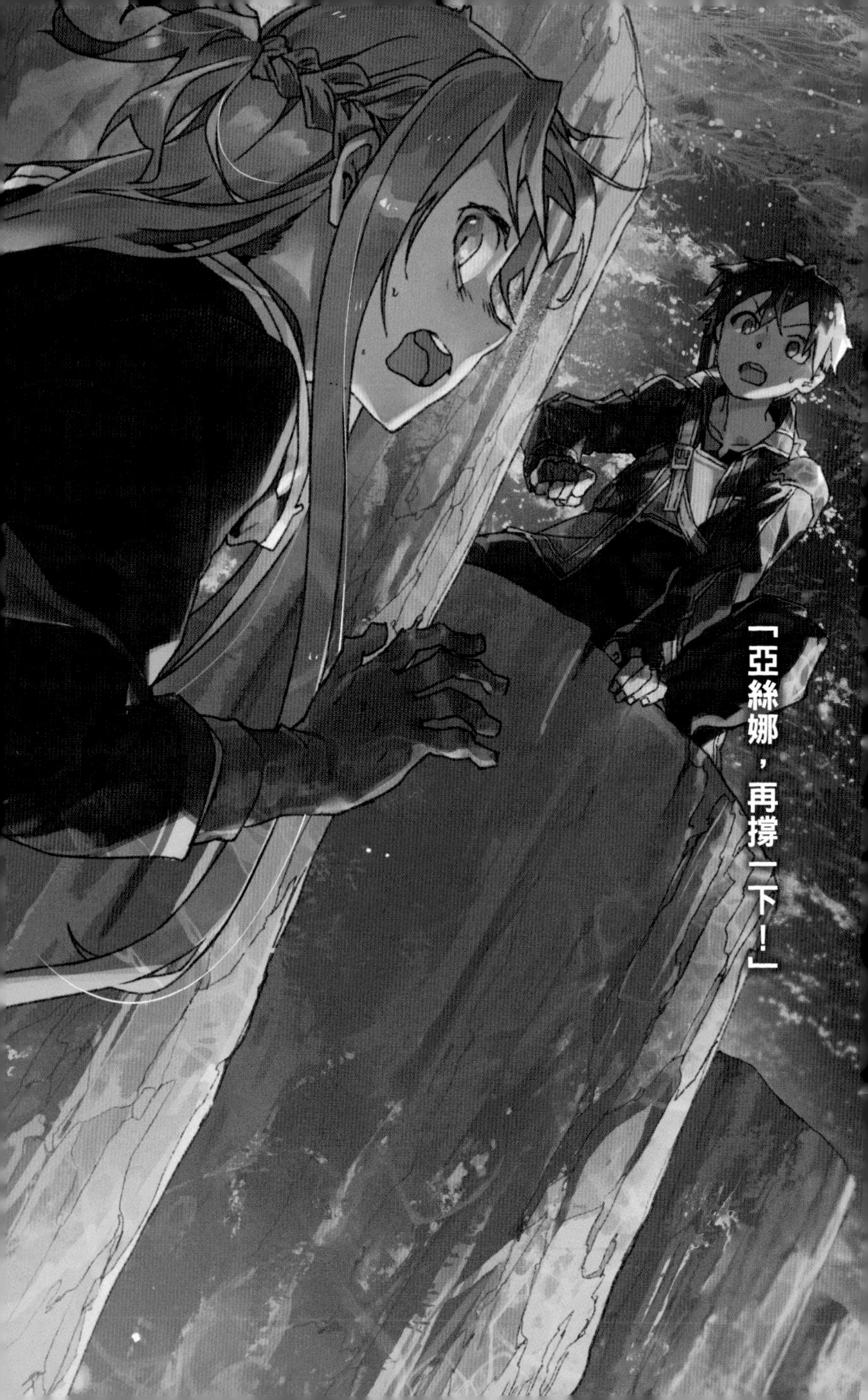
「亞絲娜，再撐一下！」

「不行不行！辦不到啊啊啊！」
「咪呀啊啊啊啊啊啊啊！」

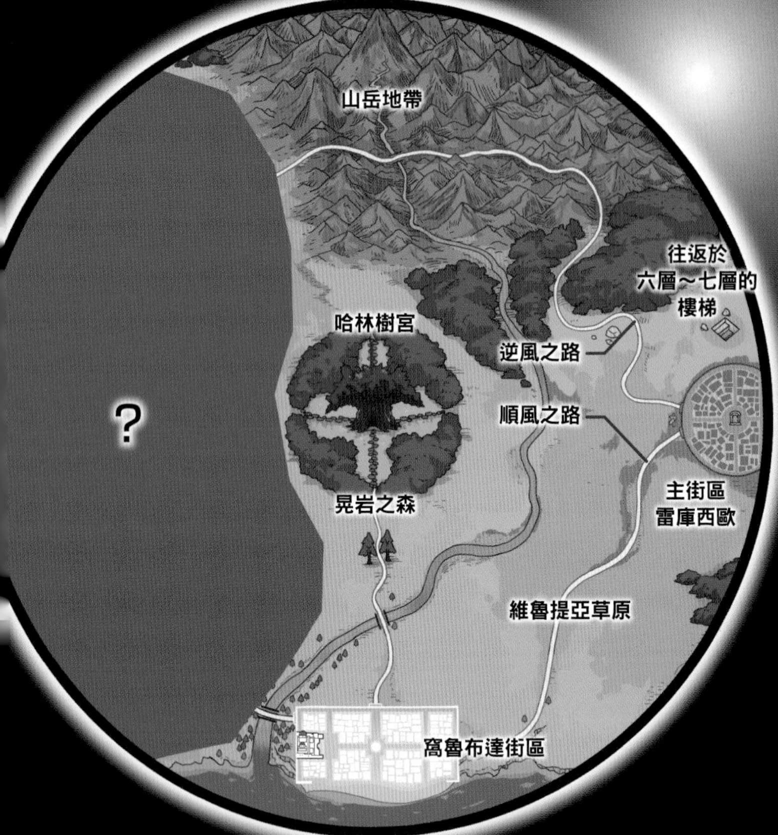

浮遊城艾恩葛朗特 各樓層檔案

■第七層

第七層有兩個特徵。第一個特徵是「常夏」。桐人他們來到第七層時是一月，現實世界正值寒冬時節。但就算是這樣，整個樓層還是被盛夏的日照與悶熱所支配。

另一個特徵則是「賭場」。

第七層的起始地點——主街區雷庫西歐在東邊邊緣，終點的迷宮塔則是在西邊邊緣。前往迷宮塔的道路有兩條，其中一條是地形險峻且有許多怪物等待著玩家的「逆風之路」；另一條則是地形順風之路前進，就會抵達特徵是巨大賭場的城市「窩魯布達」。

窩魯布達的賭場裡，可以享受撲克牌、骰子、輪盤等各式各樣的賭博，其中最大的賣點是「戰鬥競技場」，也就是所謂的怪物鬥技場。

出場的怪物全部棲息於第七層，戰鬥是以一對一的形式來進行。比賽場次分為白天與夜晚兩個梯次，每個梯次各五場比賽，一天總共舉行十場比賽。據說封測時期有許多玩家在此失去財產。

SAO SWORD ART ONLINE

Progressive 007

「這雖然是遊戲，但可不是鬧著玩的。」

「SAO刀劍神域」設計者
茅場晶彥

SWORD ART ONLINE

REKI KAWAHARA

ABEC

川原 礫
插畫／abec

Kadokawa Fantastic Novels

赤色焦熱的狂想曲（上）

艾恩葛朗特第七層　二〇二三年一月

1

「好熱！」

這就是我的暫定搭檔再次轉移到浮遊城艾恩葛朗特第七層時最初的感想。

「好熱啊啊！」

加強語氣又重複了一遍後就繃著臉往上看。浮遊城因為構造上的理由而看不見藍天與太陽。但是上層底部作為面光源所降下的光線明顯比第六層還要強。

「……明明正值冬天，為什麼這麼熱？應該說，昨晚短暫過來時好像比較涼一點？」

被將視線拉回來的搭檔以認真的表情這麼詢問，我便輕輕聳了聳肩。

「之前好像也在哪裡說過，每個樓層不一定會如實呈現現實的季節……這裡應該就是無視季節感的樓層吧。昨晚來的時候是比較涼，但也不到寒冷吧？」

「話雖如此，但今天是一月五日喔。氣溫大概有二十七度左右吧。」

搭檔說著極為詳細的數值並且環視周圍。轉移門廣場裡除了我們之外的玩家是寥寥無幾，接著搭檔就快步走到角落的闊葉樹陰影處並打開選單視窗。

迅速操作裝備人偶把紅色連帽斗篷脫掉。底下是穿著單薄的胸甲與長度到膝蓋上方的皮裙。

甩了一下光豔的栗色頭髮並鬆了一口氣的暫定搭檔——等級21細劍使亞絲娜就轉向這邊繃著臉表示：

「桐人也把大衣脫了吧？光是看就覺得好熱。」

「咦，但是……」

我往下看著自己的虛擬角色回答：

「亞絲娜的小紅帽根本是打扮用的道具，但我的大衣是主要防具……把它脫下來的話防禦力會下降很多。」

「在主街區的圈內期間應該沒問題吧。」

「這個嘛……」

理論上是這樣沒錯，但是在第六層主街區中心遭到NPC暗殺者襲擊這件事仍記憶猶新。至少在屋外時想維持全副裝備狀態，但黑色皮革大衣造成的不舒服指數的確逐漸上升中。

那次的襲擊是任務的強制事件，應該不會再發生那種事了……這麼告訴自己後，我也打開選單把愛用的「午夜大衣」收進道具欄裡。大衣底下是跟亞絲娜很像的胸甲、單薄的上衣與長褲，因此體感溫度降低了許多——但是……

「……沒什麼變嘛……」

如此呢喃的細劍使，把我全身上下打量了一遍之後才繼續說道：

「說起來你那種一身黑的穿搭看起來就很熱。都不會偶爾想穿其他顏色的衣服嗎，黑漆漆先生？」

「那……那亞絲娜妳自己還不是從初次見面時就都穿紅色系的衣服。」

好不容易提出這樣的反駁，亞絲娜就往下看著自己穿的紅色束腰上衣，然後以「沒這回事」的表情回答：

「我經常會穿其他顏色的衣服喲。」

「是……是這樣嗎……？」

「像是在旅館自己的房間裡放輕鬆的時候。但在外面時就只能穿防禦力最高的服裝，所以這也沒辦法吧。」

「要……要這麼說的話，我的服裝也是一樣啊！」

雖然如此回答，但穿得一身黑的理由其實不只是因為數值上的能力。主要防具的大衣是第一層樓層魔王的最後一擊獎勵，所以並非我選的顏色，目前穿的上衣與褲子也是店裡販賣的防具，只要願意就能換成其他顏色。

當然還是有暗色裝備能夠增加隱蔽狀態補正這個實際的理由，但是也可能因為地形與明亮度造成反效果。開始玩遊戲時的初期裝備選的是深藍色，也不覺得自己從以前就特別喜歡黑色——等等，說不定是我就讀國中的立領制服是黑色的所以才覺得安心，會不會有這種心理上的要因呢……

事到如今才開始沉思原因的我，背部被不知何時移動到旁邊的亞絲娜拍了一下。

「好吧，突然就穿上白色還是橘色感覺也很詭異，只好忍耐你那種悶熱的打扮了。那麼，差不多該移動了。」

「妳說移動……要到哪去？」

「這是第一次來的城市喲，正確來說是第二次了……總之當然是先吃中飯嘍。有沒有推薦的店家？」

「啊……嗯……」

我眨了眨眼睛，然後環視了廣場。

第七層主街區「雷庫西歐」，外觀在艾恩葛朗特的城市裡算是相當正統的設計，轉移門廣場周圍是石頭與樹木，以及一整片由灰泥建造起來的所謂木架建築的房屋與商店。

和構造像棋盤那樣的第六層主街區「史塔基翁」不同，從圓形廣場呈放射狀往外延伸出好幾條道路，這樣的構造雖然不容易記住，但是我在封測時期曾經有好幾天以這個城鎮作為據點。當時當然嘗試了許多餐廳，但是記憶卻相當稀薄。

「雷庫西歐……雷庫西歐的名產應該是……」

話說回來，第七層是什麼樣的地方呢，我試圖喚醒封測當時的記憶，但不知道為什麼就是無法順利想起來。簡直就像有人在腦袋裡蓋上了蓋子一樣……

「啊……」

好不容易想起記憶曖昧的理由，然後發出細微的呢喃。

蓋上蓋子的是我自己。那是因為在這一層發生過非常悲慘的事情。

悲劇的記憶就像是活水一樣，讓第七層的回憶源源不絕地從腦袋裡湧出。我先把它們放流到其他的迂迴水道，接著回答亞絲娜的問題。

「可惜的是封測時期這個城市沒有什麼足以稱為名產的東西喔。說起來雷庫西歐並非第七層的主要城市。」

「咦，但這裡是主街區吧？」

「名義上是如此。嗯……這個部分我之後會說明，我們先去找吃的吧。那個……我記得那邊有賣像是皮塔餅的店，那邊有像是雞肉飯的店，再來是那邊應該有類似辛辣燉菜的店。」

「……全部都是『類似』的食物耶。」

以感到很可疑的表情這麼呢喃完後，亞絲娜又丟出意想不到的問題。

「你說的雞肉飯是日本風？還是新加坡風？」

「咦……？分別是什麼樣的內容……？」

「日本風的雞肉飯呢，簡單來說就是蛋包飯的內容物喔。以番茄醬調味並且加了雞肉的炒飯般料理；新加坡風的雞肉飯呢，就是薑黃飯上放了雞肉切塊的料理。也稱作海南雞飯或者Khao Man Kai。」

當亞絲娜滔滔不絕地說明著時，我就忍不住認真地盯著她的臉看。

在第一層相遇時，曾經說過「我不是為了吃美食才來這個城鎮的」，但是身為跟她一起來到這個第七層的人，我可以斷言絕大部分ＳＡＯ玩家在料理方面的知識都不是她的對手。如此一來就會覺得不只是吃，應該也喜歡做菜才對，但亞絲娜目前取得的技能是「細劍」、「輕金屬裝備」、「裁縫」、「奔馳」，還有大概是「雙手用突擊槍」等五個。就算沒有多餘的資源取得兩個生產系技能，為什麼取得的不是「料理」而是「裁縫」呢？還有，為什麼要提升幾乎用不到的雙手用突擊槍技能呢……

和亞絲娜組成搭檔已經過了一個多月，還是有許多我不知道的事情呢，再次浮現這種念頭的我開口回答：

「我想大概是新加坡風吧。不過我不記得是不是薑黃飯了。」

「為什麼記憶那麼模糊……算了，就到那邊去吧。」

「妳喜歡吃海南Kai嗎？」

「混在一起了啦。是海南雞飯或者Khao Man Kai！」

以受不了的表情回答完後，亞絲娜又呢喃般加了一句：

「不是我，是哥……我家人喜歡。所以隔了很久突然想嚐嚐看。」

「……這樣啊。」

我以輕笑來掩飾內心的驚訝。亞絲娜很少提到自己在現實世界的家人。在我的記憶中，應該是繼第四層在約費爾城裡提到「現實世界的聖誕節，爸媽都很晚回家，通常都自己一個人吃完蛋糕就結束了」的話題之後吧。

不論如何，如果是這樣的話，那麼我對在第七層的第一餐選擇吃海南雞飯也沒有異議。

「那我們走吧。店是在這邊。」

我恭敬地彎腰以左手顯示前進方向之後，亞絲娜也以理所當然般的表情開始往前走。

由轉移門廣場進入往西南延伸的小徑，靠著朦朧的記憶各往左右轉了一次彎，就聞到某種誘人的香味。不停抽動鼻子的亞絲娜笑著呢喃：

「這確實是正統海南雞飯的氣味。」

「別期待能百分之百相同啊。」

雖然這麼回答，但我的空腹值也差不多快到極限了。

大概是昨晚的二十三點左右擊破第六層的樓層魔王「荒謬方塊」。我和亞絲娜先利用出現在魔王房間的往返階梯上到第七層，將主街區的轉移門有效化後，為了送在魔王戰提供助力的NPC賽亞諾與米亞而回到第六層主街區史塔基翁。跟兩人道別後，我和亞絲娜的體力都到達極限了，所以就住宿在史塔基翁的旅館，進入連夢都沒出現一個的深沉睡眠後終於醒來時已經是今天早上九點。

由於攻略集團的主力玩家們應該早就開始第七層的攻略，事到如今著急也沒有用，所以在房間閒晃了一個小時左右才終於退房，再次利用轉移門傳送到雷庫西歐，現在回想起來上次吃東西已經是進入第六層的迷宮區之前了。而且還只是從沙漠村莊攤販買來燒肉三明治站著把它吃完，已經回想不起好好吃一頓飯是幾個小時以前的事情了。

或許是也有同樣的想法吧，我追上腳步越來越快的亞絲娜轉過最後的轉角後，目標的餐廳就出現在前方右側。

店家的構造相當簡單，只是在開放的門上掛著圓形木製看板。看板上浮雕的文字看得出是「Mins' Eatery」。

「Mins' Eatery……嗎？Eatery是什麼意思？」

聽見我的呢喃後，亞絲娜就以連珠炮般的速度幫忙解說。

「簡易餐廳或者輕食餐廳之類的。看起來很窄……希望有位子。」

或許是老天聽見我搭檔的祈禱了吧，店內沒有先到的客人。應該是距離午餐的時間還有點早，而且必須進入小巷子才能抵達，所以幾乎所有玩家都還不知道其存在的緣故吧。

這裡的確是名符其實的輕食餐廳，店內只有六個細長的吧檯座位以及兩張雙人桌子，我們則毫不客氣地坐到桌子前面。結果還來不及看菜單，吧檯內部就傳出氣勢十足的聲音。

「歡迎光臨！要吃什麼呢？」

「等……等一下！」

對著豐滿體型，應該是作為店名的明小姐本人這麼大叫完，我便打開桌上的木製菜單跟亞絲娜一起看了起來。艾恩葛朗特的ＮＰＣ商店基本上商品都是英文標示，一開始時真的很難決定要點什麼，但俗話說熟能生巧，最近光看字面似乎就大概能理解內容了……自己是有這種感覺啦。

幸好對摺的菜單裡只寫了兩種前菜、兩種主菜以及四種飲料。迅速看了一下後發現前菜是沙拉與湯，主菜則都是米飯料理。我的記憶果然沒錯，其中一種主菜正是海南雞飯，另一種則寫著羅勒飯。價格都是加大四十珂爾，一般則是三十珂爾。以輕食餐廳然後在第七層來看價格算是很合理，但是——

「……羅勒飯？羅勒是放在披薩上面的羅勒？」

「……應該是吧。拼法也一樣。」

我小聲對點頭的亞絲娜提出抗議。

「但是……羅勒是葉子吧！葉子做成的飯跟海南雞飯相同價錢，怎麼想都很奇怪啊！」

「跟我說也沒用…………啊。」

突然像是想起什麼事情般眨了眨眼睛，亞絲娜就像是很高興一樣微笑著表示：

「原來如此，這應該不只是葉子飯而已。指的一定是打拋吧。」

「打……打拋？這個字有點熟又不是太熟……」

當我露出疑惑的表情時，亞絲娜就耐著性子說明了起來。

「剛才提到新加坡風雞肉飯的別名是Khao Man Kai對吧。那其實是泰國的稱呼。然後呢，泰國的兩大米飯料理就是海南雞飯和打拋喲。」

「這樣啊……那麼，打拋又是什麼樣的料理呢？」

「日本大多稱為打拋飯，是把雞或豬的絞肉跟羅勒葉一起炒然後作為米飯配菜的料理。」

「原來是這樣啊……封測時期，這家店應該沒有這種料理才對……」

「老闆在正式營運開始之前到泰國去修業了吧？」

一臉嚴肅地說完不知是認真還是開玩笑的發言後，亞絲娜就輕呼一口氣。

「我受不了了。你再五秒還無法決定的話就由我來點餐吧。」

「咿，等……等一下。」

我急忙瞪著並排在菜單上的兩道料理名稱，花了四秒鐘煩惱是要選擇口味安定的海南雞飯，還是冒險選擇打拋飯後，腦袋突然浮現一個點子。

「……各點一種然後交換如何？」

結果亞絲娜回應「不錯的點子」後，就稍微壓低聲音加了一句：

「兩種都點大份的。」

真不愧是到泰國去修業，明女士做出來的海南雞飯與打拋飯都是無可挑剔的美味。雖然極限的空腹也多少加了一些分，但海南雞飯在封測時期只是把「水煮過的雞放到飯上」，所以味道根本不能比，首次嘗到的打拋飯也是又辣又可口。

我和亞絲娜不到三分鐘就把分享的料理一掃而空，接著大口喝下帶有香草氣味的冰紅茶，同時滿足地「呼——」一聲嘆了一口氣。

「……那個……」

「嗯？」

「你剛才說這個城鎮沒有什麼值得一提的名產，但剛才吃的已經足以稱為知名料理了吧？」

聽完亞絲娜的論點，我就邊吃邊小聲提出自己的想法。

「封測時期沒有那麼美味。怎麼說呢……只是乾巴巴的米飯上放著很柴的雞肉……」

「但怎麼說都是米飯料理吧？來到艾恩葛朗特之後，這裡應該是第一家提供像樣米飯料理的餐廳吧？」

「啊……」

聽她這麼一說，好像真的是這樣。雖然在第三層的黑暗精靈野營地曾經吃過粥，但那說起來比較像把近似麥子的穀物用牛奶煮成甜品後撒上堅果和水果乾的食物，實在不願意稱其為米飯料理。

「好像真的是這樣。不過這家店使用的米是所謂的長粒種吧？雖然也很好吃，但不是剛煮好的短粒種米飯，就不會有『吃到米了！』的感覺。」

「……明明連Khao Man Kai和打拋都不知道，為什麼知道米有分長粒種跟短粒種呢？」

被對方以狐疑的表情這麼詢問，我眨了好幾下眼睛後才回答：

「呃……應該小學去體驗種田時老師教的吧……」

「哇，真讓人羨慕。我的小學才沒有什麼體驗種田呢……曾經在田裡抓過蟲就是了。」

亞絲娜微笑著如此呢喃，不過或許是覺得說太多現實世界的事情了吧，她突然恢復嚴肅表情輕咳了一聲。

「總之真的很美味。謝謝你告訴我這麼棒的店。」

「不……不客氣。完全沒有過年的氣氛就是了。」

「已經是一月五日了，何況天氣還這麼熱。就算出現年糕湯也沒有過年的氣氛啦。」

我聳了聳肩後把冰紅茶一飲而盡，接著亞絲娜就看向窗外。由於店內相當通風，所以還算涼爽，但是剛過正午的屋外在陽光照射之下簡直就像盛夏一樣。

或許是因為封測舉行的時間是現實世界的八月吧，基本上每個樓層都是溫暖的氣候，但還不至於覺得熱到很痛苦。說不定第七層悶熱的程度也跟海南雞飯一樣升等了。如果是這樣，以布裝備為主的我與亞絲娜倒還過得去，但是全身金屬鎧甲的坦克組要攻略這個樓層應該會相當辛苦才對。另外，對於看起來不怎麼適應酷暑的黑暗精靈應該也是種煎熬。

或許是跟我想到同樣的事情吧，把視線拉回來的亞絲娜丟出一句：

「基滋梅爾沒事吧？」

「嗯……哎呀，第七層熱歸熱，還是有許多綠樹與水啊。我想不會變成第六層的乾涸河谷才對。」

我的回答讓細劍使一瞬間愣了一下，然後才皺眉表示：

「不是啦，我指的不是氣溫而是祕鑰的事情。」

「……啊……噢，是那件事啊。」

這的確是應該先擔心的事情。

我和亞絲娜站在黑暗精靈這一邊進行的「精靈戰爭活動任務」，基本構成是幫助留斯拉王國的騎士基滋梅爾逐一回收每一層封印了一把的「祕鑰」道具。第三層入手了「翡翠祕鑰」，第四層是「琉璃祕鑰」，第五層是「琥珀祕鑰」，然後第六層是「瑪瑙祕鑰」，在還剩下兩把時發生了意料之外的事件，至今為止收集的四把祕鑰，全都被敵對的墮落精靈副將軍「剎伐的凱伊薩拉」搶走了。

問題是，這樣的發展應該不是原先預定的劇本。

在死亡遊戲化的艾恩葛朗特裡暗中活躍，由「黑色雨衣男」所率領的ＰＫ集團。那群傢伙不知道什麼時候跟墮落精靈聯手，幫助他們奪取祕鑰，結果封測時順利收集到的六把祕鑰就在任務進行到一半時一口氣全部失去了。由於是其他玩家介入才出現的發展，所以當然會認為並非活動任務原本的情節。

發生這個事件後就立刻在第六層跟基滋梅爾分開了。看見她愛用的軍刀被凱伊薩拉折斷，我便把作為副武器的「精靈厚實劍」交給她，由於她順利收下了，所以我相信跟她的連結應該沒有完全消失。只不過基滋梅爾必須向黑暗精靈的神官之類的報告失去祕鑰的事情經過，所以也很可能會被追究責任。

面對很擔心般依然低著頭的亞絲娜，我一邊告訴自己要盡最大可能發出堅定的聲音，一邊對著她表示：

「分開時基滋梅爾不是說過嗎？我記得是……『我是由女王陛下敘任的槐樹騎士團團員，所以只有騎士團長與陛下有權利遷責我』。所以不用擔心。只要開始這一層的活動任務就能馬上見到她了。」

「……譴責。」

「啥？」

「不是遷責而是譴責喲。懲戒失敗的意思。」

擔憂的表情逐漸變成傻眼的模樣並且做出註解之後，亞絲娜就呼出一口氣，接著筆直地看著我。

「嗯，說得也是。有時間悶悶不樂倒不如立刻開始行動。肚子也填飽了，差不多該開始第七層的攻略了。」

暫定搭檔這麼說完就越過桌子對我伸出右拳，我則是咧嘴笑著對他說：

「好，先從更新裝備開始吧。」

輕敲了一下亞絲娜的拳頭後，我跟她就迅速站了起來。

2

二〇二三一月五日的現在，我和亞絲娜的技能構成與裝備如下。

桐人　等級22單手直劍使　技能格子：5
設定技能：「單手用直劍」「體術」「搜敵」「隱蔽」「冥想」
裝備：「日暮之劍＋3」
「午夜大衣＋6」
「強化護胸甲＋4」
「緊身上衣＋2」
「深黑針織長褲＋5」
「鉚釘短靴＋3」
「筋力戒指」
「留斯拉之認證」

亞絲娜　等級21細劍使　技能格子：5※（6）

設定技能：「細劍」「輕金屬裝備」「裁縫」「奔馳」「雙手用突擊槍」※（「冥想」）

裝備：「騎士細劍＋7」

「布料連帽斗篷＋2」

「薄胸甲＋6」

「擊劍束腰上衣＋4」

「裝甲皮裙＋4」

「騰躍之靴＋3」

「波紋耳環」

「敏捷力戒指」

「留斯拉之認證」

※括弧內是以「卡雷斯·歐的水晶瓶」替換的技能。

包含安全保險在內的攻略建議等級大約是樓層數加上10，所以我跟亞絲娜在能力值上足以挑戰第七層。武器防具也有一半是魔王掉寶或者任務報酬的稀有裝備，但實在沒辦法湊齊全身，我的話是胸甲、上衣與靴子，亞絲娜則是斗篷與上衣、裙子是商店販售的物品。雖然經過強化，但還是比不上性能占壓倒性上風的稀有寶物，抵達新樓層後首先逛逛NPC商店，確認有沒有賣比現在使用的物品更加強力的裝備（最好還是合理價格）已經是慣例活動。

這是為了在死亡遊戲SAO存活下來不可或缺的工作，同時也是享受RPG樂趣的興奮活動——只不過……

「……這裡的商品好像不怎麼樣耶……明明是主街區最大的店家……」

在最初進入的防具店逛了一圈物色架上商品的亞絲娜，以店員聽不見的聲音做出這樣的評論，我也點了點頭表示：

「是啊……和餐廳不同，這裡似乎沒有升等呢。」

「聽你這麼說，封測時期這裡也上不了檯面嗎？」

「雖然只是隱約記得，但似乎有過這樣的記憶。」

「……第六層的史塔基翁明明記得那麼詳盡，為什麼雷庫西歐的記憶就這麼模糊呢？」

再次被指出記憶的曖昧，我頓時說不出話來。

要說明這個理由，就必須提及封測時期襲擊我……不對，是襲擊幾乎所有封測玩家的悲劇。可以的話很想就這樣把它封印在記憶深處，但亞絲娜是第六感極其敏銳的人。應該不可能瞞得過她。

我乾咳了一聲後就開口說：

「要說明這個理由嘛，必須先到城鎮的出口。」

「……好吧，反正也沒什麼好買的。」

「那我們走吧。」

在前面引導面露疑惑表情的亞絲娜，暫時先回到轉移門廣場。不知道是因為酷暑的緣故，還是街上沒什麼值得參觀的東西，這裡依然看不到什麼玩家的身影。

這時候不只是長大衣，就連胸甲也很想一起解除，但是對自己說了「這種悶熱都是虛擬的！」後就直接橫越廣場，從東西向貫穿雷庫西歐的主街道往西方前進。由於這個城鎮不是太大，所以走了幾分鐘前方就能看到分隔圈內與圈外的牆壁與雄偉的大門。

「……咦？」

在右斜後方有氣無力走著的亞絲娜發出細微的聲音並且來到我身邊。

「為什麼有兩個門？」

正如她所說的，主街道的盡頭有兩座外觀幾乎一樣的門並排在一起。不同的只有裝飾在門上部的大理石雕像。

右門的雕像是縮起背部，拄著拐杖，承受著風雨而走的男乞丐。

左門的雕像是上半身後仰，傾斜著巨大酒杯且穿著華貴服飾的男性。

兩座門都是完全開放，所以能夠清楚看見外面的練功區。綠色草原上有兩條路從兩座門分別往左邊與右邊延伸，由於道路之間也沒有什麼障壁，所以就算從右門出去也能從左邊的道路前進。即使如此，還是有兩座門的理由是——

「……簡單來說呢，就是暗示著道路前方等待著玩家的命運吧。」

「命運……？」

原本以「太誇張了吧」的表情瞄著我的亞絲娜，這時往上看著兩座門。

「這樣的話……從右門延伸出去的道路很辛苦，從左門延伸出去的道路則很輕鬆，我想應該是這個意思吧。」

「大致上沒有錯。」

如此回答的同時，我們也來到設置在門前面的廣場。這裡果然也沒有玩家的身影。兩大公會「龍騎士旅團（DKB）」與「艾恩葛朗特解放隊（ALS）」的成員們應該已經選擇其中一條路並且往前進了吧。

一走到門正前方，遠近效果就產生變化，變得可以眺望到練功區的遠方。「拐杖男」雕像的右門遠處是蒼鬱的森林與凹凸不平的荒山。「酒杯男」雕像的左門，前方一眼望去盡是幾乎平坦的草原。

「那個……這個雷庫西歐城，是在第七層的東邊邊緣對吧？這麼一來，迷宮塔就是在西邊的邊緣？」

雅絲娜的問題讓我再次點頭。

「Ｙｅｓ。」

「精靈戰爭任務的開始點大概在哪邊？」

「應該在樓層的正中央附近。不論從哪條路前往移動距離都差不多。」

「……那就走輕鬆的路過去不就得了？」

「是啊。不過那得要亞絲娜有強韌的意志力才行。」

「從剛才就一直用意有所指的說法，到底是怎麼回事？有兩條道路跟桐人的記憶究竟有什麼關係？」

感覺暫定搭檔焦躁指數不斷上升的我，只能放棄掙扎並且為了說明而開口。

「嗯……右邊的道路有很多怪物而且地形也險峻，走起來是有點辛苦，不過仍屬普通攻略路線的範疇。相對地左邊道路不但怪物很少地形也平坦……但是前方有一座很大的城市。大概有這個雷庫西歐的兩倍，不對是三倍那麼大。」

「大城市……？你是指迷宮？」

「非也，是人類的城市喔。它算是圈內，也有許多旅館和商店，食物也很美味。」

「那有什麼問題？」

「問題是……那座城市裡有座很大的賭場。」

「啥……？」

啞然張開嘴巴的亞絲娜，仰頭望了一眼「酒杯男」的雕像後再次看向我。

「你說的賭場，是像拉斯維加斯或者澳門那樣的嗎？」

「就像是拉斯維加斯與澳門那樣的。我都沒去過就是了。」

點完頭後，我就把視線移向左門的遠方。遭到封印的恐怖記憶，無視我的意願就從腦袋裡湧出。

「……封測的時候，參加的玩家一千人裡面，大概有八成的人選擇了左邊的道路。然後大部分都迷上賭博，然後大部分都輸光身家。根據當時的傳聞，封測玩家好像有五成左右在第七層淘汰。」

「…………………」

沉默了整整五秒鐘的亞絲娜，繞到我身前來擋住我的視線。

「順便問一下，你又怎麼樣呢？」

「…………失去一切了喲。」

嘴角浮現苦笑的我如此回答。

「當時在攻略中一路儲存下來的所有珂爾以及入手的稀有道具全都輸掉了。只剩下一把作為主武器的劍……但是我沒有放棄喲。從那裡再次振作起來，朝著下一層前進。我確實在賭場裡輸了，但是絕對沒有輸給遊戲本身。」

「右邊。」

「什……什麼？」

「從右邊的路走。」

直截了當地打斷我的英雄戰記如此宣布之後，亞絲娜就開始朝「拐杖男」的門走去。

我並不反對這個選擇。因為我也不想再次犯下同樣的錯誤。和就算死亡也能從第一層復活的封測時期不同，現在已經無法從零再重新開始了。失去所有的珂爾與裝備的話，就只能躲在起始的城鎮靜靜等待有人幫忙完全攻略死亡遊戲了吧。

——只不過……

我的心中有某種……或許是無法接受維持失敗者身分的玩家魂般意念，讓我對著亞絲娜的背部做出意想不到的發言。

「沙灘……」

「……啥？」

我對轉過頭來的亞絲娜露出一本正經的表情宣告著：

「之前好像在哪個地方說過吧？第七層的南側有雪白沙子上長著椰子樹的沙灘。那是剛才提到的賭城『窩魯布達』的一部分。嗯……當然不是真正的海洋，是只延伸到樓層邊緣的湖一般的地形……但是水很鹹喔。」

「沙灘…………」

以非常複雜的表情呢喃了這麼一句，亞絲娜就再度瞥了再輻射強烈太陽光的上層底部，然後才又看著我說：

「……但天氣這麼熱，那個沙灘應該擠滿了人吧？」

「其實呢，要在賭場贏得相當多的籌碼才能獲得進入那個沙灘的通行證。我不認為ＤＫＢ與ＡＬＳ那群人會迷上賭博……」

腦袋裡浮現ＤＫＢ領隊凜德以及ＡＬＳ領隊牙王繃起臉的容貌並且這麼表示，亞絲娜也以類似的表情朝我靠近一大步。

「但這不就表示我們也得到賭場去賭博才能進入沙灘嗎？」

「嗯……嗯，是沒錯啦……但我提及這件事時，亞絲娜不是曾經那麼說過？我記得是『如果第七層是常夏樓層，就能在沙灘怎麼樣之類的……』。」

「…………」

結果亞絲娜像是沒想到我會這麼說般眨了兩三下眼睛後，視線就開始不自然地游移並且發出沉吟聲。

「嗚……」

「嗚……嗚？」

「嗚～～～」

「嗚嗚～嗚～？」

下一個瞬間，我的側腹就被輕戳了一下。看來她並非用亞人語在說話。

「……那張通行證，換算之後要多少珂爾？」

「嗯……如果跟封測時期一樣，賭場籌碼一枚是一百珂爾……大概是三萬珂爾吧？」

「三萬！」

也難怪她會大叫。目前我全部的財產大約是九萬珂爾，亞絲娜應該也差不多吧。只是要在沙灘玩耍就用掉三分之一的資金，這根本是瘋了才會做出的行為。但是……

「等……等一下。沙灘的通行證不是要用三百枚籌碼去換，而是在賭場贏三百枚籌碼就能得到。也就是，嗯……像ＶＩＰ特典那樣的感覺……」

「……那麼獲得通行證之後可以把手邊的籌碼換回珂爾嘍？」

「很遺憾的是籌碼不能換成珂爾，但是交換成值錢的道具再賣掉就可以了。」

我在內心加了一句「不過也得能贏得三百枚籌碼啦！」，但這是再清楚也不過的事情，所以我沒有特別說出口。

「嗯……」

我看著雙手環抱胸前煩惱著的亞絲娜，心裡想著「如果這樣還是決定要走右邊的路，那我也不再多說什麼了……」。

十秒後，放下手臂的細劍使首先往上看著「拐杖男」的雕像，接著瞪著「酒杯男」雕像。

「……不要說贏三百枚籌碼了，就算贏三萬枚，我也絕不會像那樣揮金如土。」

「……是……是喔。」

「那我們走吧。」

如此宣告完，搭檔就快步走向左邊的門，而我只是默默追了上去。

NPC居民們把第七層主街區雷庫西歐「選擇之門」的右側，也就是往西北延伸的道路稱為「逆風之路」，而左側也就是往西南延伸的道路則稱為「順風之路」。

當然實際上風沒有往兩個方向吹，但這還是讓人極為贊同的命名。我和亞絲娜所選的左邊道路鋪設了漂亮的磚瓦，兩側是到處開滿花朵的草原，然後基本上一直是平緩的下坡，甚至幾乎不會有怪物出現。

「……這要是再涼爽一點，或許就是至今為止最輕鬆的移動了。」

聽見走在旁邊的亞絲娜所說的話後，我一邊壓抑下呵欠一邊點頭表示：

「第二層的練功區基本上都很悠閒，但偶爾會出現暴衝牛……」

「好懷念哦，牛樓層。好想再吃那個超大草莓蛋糕。」

「『顫抖草莓蛋糕』嗎？啊，既然這樣就用轉移門回到第二層的烏魯巴斯，用那個蛋糕獲得幸運支援效果後再朝賭場前進比較好。」

亞絲娜嘆了一口氣，直接反駁了我的好點子。

「那個支援效果持續時間是十五分鐘吧。絕對來不及的啦。」

「那可不一定喔，全程以最快速度衝刺的話，說不定來得及下第一次賭注。」

「你果然只是想到賭場去玩一把嘛……」

亞絲娜這樣的指謫跟「嗡」的低沉翅膀聲重疊在一起。我們兩個人同時拔劍，擺出背靠背的姿勢。

「順風之路」雖然幾乎不會有怪物出現，但湧出的怪物並不算弱。能力值確實符合第七層的等級，攻擊模式也很複雜，要是粗心大意的話也可能會著了對方的道。

亞絲娜的視線朝道路北側，我則朝著南側仔細移動後，再次聽見振翅的尖銳聲音持續著。

「快趴下！」

壓抑下想回過頭的本能，把身體壓低到極限。下一刻，背部上方就有某個東西以極快的速度通過。

迅速抬起臉後，就在十公尺左右前方看見在空中盤旋的綠色身影。

那是振動透明翅膀，體長五十公分左右的甲蟲。輪廓雖然看起來矮胖，但是頭部前端延伸出跟身體差不多長的銳角。以淡紅色浮標顯示的名字是「Verdian Lancer Beetle」。直譯的話應該就是「維魯提亞槍甲蟲」吧。

「……維魯提亞是什麼？」

我小聲回答站在旁邊的亞絲娜發出的呢喃。

「應該是……這座草原的名字。哎呀，又過來嘍！」

盤旋著的甲蟲舉起閃爍翡翠色光芒的鞘翅。空氣發出「嗡嗯！」的低沉聲響，巨大身體一直線衝了過來。

從這個樓層才開始出現的槍甲蟲類怪物，牠的角具備以最高速擊中的話能把胸甲轟出大洞的威力。單手武器的話幾乎不可能格擋，想防禦的話就只能用劍技去相抵，但是要迎擊以猛烈速度襲擊過來的銳利蟲角絕非易事。失敗的話要害的胸部或者頭部可能會被貫穿，因為弱點會心一擊判定而立即死亡。

我和亞絲娜再次蹲下躲開槍甲蟲的突進。然後立刻站起來轉過身子，瞪著緩緩在草原上盤旋的甲蟲。

「雖然可以迴避……但這會不會沒完沒了？」

由於亞絲娜這麼呢喃，我便輕輕聳了聳肩。

「不會沒完沒了，不停迴避的話牠突進的軌道會越來越低，之後就連蹲下都避不開了。」

「那……那該怎麼辦？」

以封測玩家來說，要回答這個問題相當簡單。但差不多想讓亞絲娜學習面對首次遇見的怪物時能夠組織攻略法的考察力與第六感了。因為我不見得能一直待在她的身邊。

「妳知道那個傢伙的弱點在哪裡嗎？」

「……身體的下側？」

在腦袋裡對立刻回答的亞絲娜做出「了不起」的讚賞並且開口加上註釋。

「正確來說是六隻腳根部正中央的神經節。腦雖然也算是要害，但裝甲實在太厚，又因為那個傢伙的角而更難瞄準。」

「但是身體下側該如何……」

當亞絲娜說到這裡時，槍甲蟲就再次將鞘翅高舉到極限。那是突進攻擊的訊號。

一直線衝過來的槍甲蟲只能看得見頭部、前胸部以及展開的鞘翅。這些地方全覆蓋在厚實的甲殼底下，普通攻擊有很高的機率會被彈開，劍技沒有準確擊中的話就會遭受即死級的反擊傷害。

但是我因為想藉此給予提示而刻意做出單發直斬技「垂直斬」的起手式。旁邊的亞絲娜像

是感到困惑般晃動著騎士細劍的劍尖。

但是馬上讓劍整個靜止，然後擺出單發突刺技「線性攻擊」的姿勢。兩把劍同時發出尖銳振動聲與淡淡燐光。

像是被此觸發一樣，槍甲蟲開始第三次的突進。我壓抑立刻想蹲下的衝動並且計算時機。身旁的亞絲娜也保持著劍技連動都不動一下。看來光靠這一點點提示，她就想到我在封測時期死了兩次才構思出來的攻略法。

喚起原始恐懼的低沉振翅聲這時音量急遽增加。極為凶惡的銳利蟲角前端靠近到短短三公尺的這個瞬間，我和亞絲娜就採取跟至今為止相反的行動，從背部躺向地面。

槍甲蟲露出裝甲單薄的腹部從眼前通過。這個仰頭快要倒下的這個體勢，即使施放普通攻擊也幾乎無法添加威力，但劍技就另當別論了。只要確實保持劍與身體的相對位置與角度，就算一邊仰倒還是能夠發動。很可惜的是無法使用配合系統輔助來踢向地面的「威力加乘」，但是瞄準昆蟲型怪物的腹部並不需要做到那種地步。

「「喝啊！」」

我和亞絲娜異口同聲地大叫並且施放「垂直斬」與「線性攻擊」。

兩把劍拖著藍色與銀色光芒陷入槍甲蟲腳的根部，深深地撕裂了牠的身體。

感覺到通知弱點會心一擊成功的「滋喀」爽快衝擊聲與手感。怪物矮壯的身體像被彈開般飛上天，噴灑著深紅傷害特效並且呈圓錐狀旋轉。封測時期的話必須擊中三四次同樣的攻擊才能將其打倒，但是等級與武器性能都比當時還要高，更重要的是有兩個人。內心想著「照這種感覺來看，再一次就能打倒了吧」，同時以左手撐向地面跳了起來。

「剛才那是正確答案！再用一次同樣的攻擊……」

當我叫到這裡的時候。不停旋轉的槍甲蟲就直接掉落到地面，反彈到空中後不自然地靜止。一瞬間整個收縮之後，變成藍色多邊形爆散開來。無數的碎片也立刻融解在空氣中消失。

「……咦？」

在啞然的我背後，亞絲娜發出感到意外般的聲音。

「什麼嘛，明明一擊就結束了。」

「沒有啦……正確來說是兩擊，不過這樣也很奇怪……HP往下修正了嗎……」

我甚至出現「或者是某種裝死技能」的想法，但因為出現通知獲得珂爾、經驗值的視窗，所以應該是打倒牠不會錯了。亞絲娜收起細劍，立刻開始檢視道具。

「哇，樓層改變之後金錢和經驗值都給得很大方嘛。不過道具……都是些素材嗎？」

「不能小看蟲類Ｍｏｂ的素材喔，可以成為比店售品更加強力的防具……雖然外表看起來有點……」

我如此回應著，同時把自己的掉寶道具拉到最後一行，緊接著就忘了這裡是圈外而忍不住發出奇怪的叫聲。

「喔……喔喔喔喔喔喔！」

「喂……怎……怎麼了？」

我背對跑過來的亞絲娜，按下將道具實體化的按鍵。以右手抓住出現在視窗上的物體，轉過身去──

「鏘鏘～～！」

把發出像石榴石般深玫瑰紅光芒的八面體水晶遞到亞絲娜鼻子前面。

但是很可惜的是無法讓暫定搭檔了解這個道具的價值。她以發愣的表情交互看著我和水晶並且表示：

「……這是什麼？」

「嗯……正式名稱是『Healing crystal』，通稱『回復水晶』。」

「啊，這就是傳聞中的那個嗎！」

臉上好不容易發出光輝的亞絲娜一把從我手上抓過水晶，然後將其對準陽光。

「哦……是這樣子的道具嗎……這個東西能一瞬間完全回復ＨＰ是真的嗎？」

「真的真的。」

「要怎麼用？」

「那當然是放到嘴裡大口咬碎……」

說到這裡之後我才重新覺得，不應該拿會成為攻略死亡遊戲生命線的最重要道具該如何使用來開玩笑，乾咳一聲後就從亞絲娜手上回收水晶。

「現在開始講正經的。不論是哪一種水晶都一樣，使用方式相當簡單。第一，以手指擊點水晶，從出現的選單選擇『使用』。第二，像這樣單手拿著，自己使用時就保持這個姿勢，要給別人使用的時候另一隻手就確實地觸碰對方的身體，然後喊回……危險！」

亞絲娜叫著「喂！」並且在空中接住我丟出去的回復水晶。

「為……為什麼突然丟出來！」

「沒……沒有啦……拿著那個說一聲回復就能使用了。剛才差點在HP全滿的情況下把它用掉……」

在額頭滲出冷汗的情況下說明做出奇怪舉動的理由後，亞絲娜就深深嘆了一口氣。

「我說啊，你在封測的時候用過這個很多次了吧。」

「沒有到好幾次啦。到第十層它都還是貴重物品……我和其他封測玩家在曾經在緊要關頭因為節省水晶而死喔。」

「那這一次別重蹈覆轍了。只要覺得自己或者搭檔危險了就毫不猶豫地喊回……危險！」

亞絲娜突然大叫，同時像是被燒紅的石頭燙到手一般把回復水晶丟出，這次換成我把它接住。

「…………」

「…………」

兩個人面面相覷，沉默了一陣子後，亞絲娜才小聲地說：

「還是把那個收起來比較好吧？」

「說……說得也是。」

我點了點頭並且打開左邊腰帶上的袋子，但是突然就停下手來。

「等等……這個還是由亞絲娜保管吧。」

「咦，是掉到桐人那邊的，應該由你保管吧。」

「我們的組合說起來我屬於前衛，亞絲娜是後衛對吧？結晶道具通常是由容易掌握狀況的後衛持有。」

一臉嚴肅地邊說邊把水晶遞出去後，亞絲娜就微微抿起嘴。

我的話並非謊言。前衛玩家要是過於集中於眼前的敵人，就有可能沒有注意到自己的ＨＰ殘量，而且一般來說雙手都拿著東西，想使用結晶的話就必須在戰鬥中放下盾牌。

關於這一點，由於我的左手經常都是空著，所以可以邊戰鬥邊取出道具，但幸好亞絲娜沒有指出這一點，而是從我手中接過回復水晶。

「……雖然不願意被當成後衛，不過我知道了。那麼這個就由我來保管吧。」

「不只是保管，正如剛才亞絲娜所說的，自己有危險時就要毫不猶豫地使用。」

「……………嗯。」

她點完頭後就把水晶放入腰帶上的袋子。

突然間，還是自己保管比較好的念頭閃過我的腦袋。那個時候我就可以極力避免用在自己身上，盡量為了亞絲娜把水晶保留下來。亞絲娜會不會也跟我有同樣的想法呢？

——等等，那就兩個人都拿一個不就好了。回復水晶與淨化水晶在封測時期是相當稀有的道具，但第七層首次打倒的怪物就掉下這個寶物，就表示正式營運後掉寶率可能已經往上修正了。

或許是做出同樣的結論了吧，亞絲娜環視著周圍的草原說道：

「……那個，回復水晶只會從剛才那種甲蟲身上掉落嗎？」

「不，沒這回事。雖然有比較容易掉落的怪物，但從第六層開始基本上不論哪一種怪物都會在極低的機率下掉寶才對。」

「極低的機率……具體是多少？」

「嗯……這怎麼說都是封測時所檢驗的數字，第六層是百分之〇．〇一，第七層是百分之〇．一……吧。」

「〇·〇一……就是打倒一萬隻才會掉落一次嗎？」

面對眉毛倒豎的亞絲娜，我急忙搖著頭說：

「等一下，那是第六層的數字啦！實際上我們在第六層打倒了一大堆怪物卻連一個結晶都沒掉吧？但第七層是百分之〇·一……」

「就算這樣也是一千隻才掉一個呀！」

「呃，是沒錯啦……但是跟封測時比起來機率可能提高了喔。」

我一這麼說，亞絲娜頭上的憤怒符號才終於消失。

「…………確實第一隻就掉下來了。那……反正附近也沒有人，要不要試著繼續狩獵甲蟲看看？」

「說得也是……」

我瞄了一眼顯示在視界角落的時間顯示。下午一點十五分。從現在的位置到賭城窩魯布達，就算慢慢走應該也花不到兩個小時，所以就算在這裡再狩獵一個小時應該也能在天色變暗之前抵達。

「……那麼同時也可以作為攻略槍甲蟲的練習，就在這邊附近定點狩獵看看吧。」

「了解！」

亞絲娜露出燦爛笑容，立刻離開道路踏進北側的草原。

我和亞絲娜在一個半小時裡打倒了十五隻「維魯提亞槍甲蟲」，以及十隻在第二層大量戰鬥過的蜜蜂型怪物的強化版「維魯提亞毒黃蜂」，再加上五隻從地面冒出來的像蛇又像蚯蚓，同時也像是蜥蜴的怪物「滑溜蟲蜥」。

在怪物湧出相當少的「順風之路」，三分鐘一隻已經算很高的頻率了。亞絲娜也馬上就學會作為槍甲蟲攻略法的「邊倒下邊使出劍技」，雖然有一次因為倒下的地點衝出蟲蜥而嚇了一大跳，但整體來說還是完成了相當穩定的狩獵。

我們也靠此賺取了許多金錢、經驗值以及素材道具，但很可惜的是最重要的水晶道具卻一個都沒有掉。雖說僅僅三十隻左右根本不足以判斷機率是不是變更了，但是至少可以知道並非經常掉落。

「……怎麼辦，要再努力看看嗎？」

面對依然握著細劍並如此問道的亞絲娜，我考慮了一下之後才回答：

「不，差不多該結束了。繼續堅持下去的話，會沒辦法在天色變暗之前抵達窩魯布達。」

「天色變暗會有什麼危險嗎？」

對方以嚴肅的表情這麼詢問，我一時為之語塞。沒辦法說出「夕陽照耀下的窩魯布達非常美麗……」，只好提出常見的理由。

「怎麼說都是初次通過的道路，太暗的話可能會迷路。」

我邊說邊抬頭看向天空。時間還只是下午三點前，但是充滿空間的光開始帶著金色光輝，氣溫似乎也下降了一些。

「只有一條路而已應該沒問題吧……算了，我是無所謂啦。」

看來似乎是同意了的亞絲娜，發出清脆的聲響後收起細劍。我也把愛劍收進背上的劍鞘，稍微走了幾步路回到鋪設磚瓦的道路上。

「……不過都狩獵一個半小時了，還是沒有任何其他玩家經過耶……為什麼呢……」

當我感到疑惑時，亞絲娜也像是現在才注意到一樣看向道路的前後方。

「話說回來好像是這樣……我看ＤＫＢ和ＡＬＳ以及艾基爾先生也都選擇了『逆風之路』吧？」

「咦？選擇那邊大概就只有不會在賭場破產的好處而已喔。」

「……你這麼說聽起來好像我們會在賭場破產一樣。」

心想「真是自找麻煩」的我縮起肩膀，指向西南方說道：

「總……總之我們先趕路吧。抵達窩魯布達之後，除了賭場之外還有許多事情要做。」

催促再次露出懷疑表情的亞絲娜，我開始快步從夜色接近的道路上走了起來。

3

之後幾乎沒有被怪物纏上，我們成功地橫越了直徑長達五公里的維魯提亞草原。

爬上最後一座山丘的瞬間，亞絲娜發出「哇！」的歡呼聲，然後迅速往前跑了幾步。

眼下是宛如奇幻世界般……不對，實際上就是奇幻世界，但是在至今為止通過的許多艾恩葛朗特都市裡也是數一數二瀟灑、可愛的街道。

從右手往左手緩緩往下的斜坡上，呈階梯狀相連的房子全都是純白的砂漿質。較大的建築物屋頂塗成深藍色，這些屋頂在金色夕陽與無數營火照耀下的光景只能用極其美麗來形容。封測時期原本跟主街區一樣是灰色的石造屋，似乎是趁正式開始營運前的時間將整個城市重新整修過了。並排在最下層的房子後面可以看到純白沙灘以及翠綠色的水面。

在我想展示的光景前面佇立了一陣子的亞絲娜，在嘆息聲中加了一句呢喃。

「好漂亮……就像聖托里尼島一樣……」

「聖托里尼島……是真實存在的地方嗎？」

我一這麼問，對方就以從夢中醒來般的表情看向我這邊。

「是真實存在的地方喔。在愛琴海上的一座希臘島嶼。一個叫做伊亞的港都就跟那個城鎮一模一樣。」

「這……這樣啊……」

我把「妳去過嗎」這個問題吞下肚，開口提出其他的問題。

「那可能就是參考那個地方吧。那個叫伊亞的地方也有賭場嗎？」

「嗯……我聽說希臘是有幾個賭場度假地，不過聖托里尼島應該沒有吧。」

再次把「聽誰說的」這個問題吞下肚，我聳了聳肩後表示：

「原來如此。妳看那裡……城市的深處。」

我指的是坐鎮在樓梯狀街道盡頭的那棟特別巨大的建築物。

擁有鈷藍色屋頂的八角形宅邸，左右兩邊還附有圓錐屋頂的尖塔。外表看起來雖然像宮殿，但那正是在封測時期將許多玩家推落歡喜與絕望熔爐的「窩魯布達大賭場」。

「……那就是你說的？」

亞絲娜的聲音讓我緩緩點了點頭。

「嗯。聽好了，亞絲娜。那座賭場會用盡所有的方法來考驗我們的精神力。絕對不能太腦充血，但也不能太膽小，要冷靜且大膽地……」

「不用說那麼多。」

亞絲娜伸出右手來堵住我的嘴，接著開口表示：

「迅速賺到三百枚籌碼，在沙灘休息一下之後就去找基滋梅爾吧。」

「…………好的。」

我點完頭後，亞絲娜就把手從我嘴邊移開，然後大步走下山丘。

窩魯布達在面積上跟主街區雷庫西歐差不多，但是熱鬧度增加了三倍。

一鑽過把灰泥塗成純白色的門，主要街道兩旁並排的攤販、餐廳與酒店就有熱鬧的聲音與誘人的香味湧至。

雖然對著自己說「不是已經在雷庫西歐吃過最好吃的海南雞飯與打拋飯了嗎」，但是現在想起來自從那之後已經過了六小時。也因為預定之外的定點狩獵而消耗了不少體力，現在夕陽的顏色也越來越濃了，就算早點吃晚飯也無可厚非吧。

「……那個，亞絲娜……」

當我這樣呼喚隔壁的同時，搭檔也看著我這邊。

「我說桐人啊……」

以手勢要對方先說之後，亞絲娜眨了眨眼睛後就繼續說：

「反正賭場應該開到很晚吧，要不要先吃飯？」

「什麼很晚而已，根本是二十四小時營業。」

「哦，這樣啊……」

「不過我贊成先吃飯。妳想吃什麼？」

「有什麼名產嗎？」

再次被這麼問道，我便發出沉吟聲思考了起來。

封測時期，攻略第七層所需的時間雖然有一半被這個城市給占據了，但老實說對食物的記憶相當稀薄。因為那時候的我正與剛才的諫言「冷靜且大膽」完全相反——被恐懼與怯懦支配，處於只能嚷著「啊哇哇哇哇」的狀態。

「呃，嗯……這次就交給亞絲娜的第六感、知識以及美食運來決定吧。」

「啥……？嗯，是可以啦……」

即使皺起眉頭，亞絲娜還是以無可厚非的樣子看起街道的左右兩旁。

建築在斜坡上的窩魯布達，北側是非商業的住宅區，南側則是熱鬧的商業區，餐飲店幾乎全聚集在從城鎮中央往東西延伸的主街道上。

而且是越接近盡頭的窩魯布達大賭場店家的等級就越高的構造，因此要是進入賭場前方的超高級餐廳，就會被捲走難以想像是第七層的超高金額。

在眼前慢慢走著的亞絲娜，要是選擇那樣的店該怎麼辦……事到如今我才感到膽怯，幸好白色皮靴靠攏腳跟發出喀一聲後停下來的，是主街道前進三分之一左右處的某家店前面。

寬敞的入口完全開放，屋簷底下擺放戶外席的店面，氣氛與其說是餐廳倒不如說比較接近食堂。明亮的店內不絕於耳地傳出食器與杯子碰撞的聲音以及熱鬧的談話聲，我雖然不討厭這種店，但是又有似乎不符合亞絲娜喜好的感覺。

「這裡可以嗎……？」

當我準備這麼問時，就有特別吵雜的聲音闖進耳朵裡。

「你們幾個，今天由我請客！不用客氣盡量點沒關係！」

下一個瞬間，歡呼聲與手笛的聲音炸裂開來。

「哇，真慷慨！」「刺蝟頭！」「大姊，三杯特大生啤酒！」「四杯！」「還有兩份香腸拼盤！」

我和亞絲娜面面相覷後移動到餐廳門口，接著窺探內部。

不是太大的店內，中央的兩張大桌子全都坐滿了身上攜帶暗灰色與苔癬綠裝備的玩家。根本不用確認顏色浮標的公會標誌。他們是兩大攻略公會其中之一，艾恩葛朗特解放隊的成員們。然後左側桌子正中央將特大酒杯一口氣喝光的刺蝟頭男性正是公會會長牙王。他的周圍還能看見歐柯唐、Schinken Speck、北海鮭魚卵等主力成員的身影。

「……那些傢伙，為什麼已經在這裡了……？」

在如此呢喃的我正下方，亞絲娜也像是感到啞然般表示：

「表示比我們還早以這個城市為目的地……？」

既然沒有在「順風之路」被趕過去，那也只能這麼認為。也就是說ＡＬＳ那群傢伙，昨天晚上住在第七層主街區雷庫西歐的旅館，今天一早就出發移動到窩魯布達。

雷庫西歐確實是不怎麼樣的城鎮，但也有一定程度的任務存在，附近也有很不錯的獵場。和敏捷的少人數隊伍不同，大規模公會的成員之間無論如何都會有等級上的差異，所以抵達新樓層的話通常至少都會花上一天的時間在主街區周邊提升等級。但他們為什麼這麼快就轉移據點，而且在天色剛暗時就開始飲酒作樂了呢？

當我跟亞絲娜一起露出狐疑的表情，就又聽見從背後傳來其他的歡呼聲。

「…………？」

我們一起轉過身子看向道路另一邊。

該處有一間規模跟ＡＬＳ占據的店家差不多，但是裝潢略為高雅一些的餐廳。小跑步橫越道路後由於入口的門關著，所以就從窗戶悄悄地窺探店內。

下一個瞬間——

「敬今天的勝利！」

這道聲音後接著是「乾杯！」的唱和。

填滿兩張大桌子的是穿著金屬銀與鈷藍色裝備的玩家們。毫無疑問就是另一個攻略公會，龍騎士旅團了。

其中一個在店內深處站了起來，並且高舉大啤酒杯的是把長髮綁在身後的瘦削男子。也就是公會會長凜德。附近還能看見幹部席娃達與哈夫納的臉龐。

「連ＤＫＢ都……怎麼會……？」

聽見亞絲娜的問題後，我也跟著提出疑問。

「而且那些傢伙為什麼從這個時間就開始喝酒？」

「還說了什麼敬今天的勝利對吧。難道是打倒練功區魔王了？」

「我記得窩魯布達周邊沒有什麼值得舉行宴會的練魔才對啊。」

對我隨便的略稱繃起臉後，亞絲娜就離開窗邊。

「嗯……既然來到這個城市，那麼兩個公會的目的應該都是賭場吧，在道路兩側像是較勁一樣舉辦宴會的理由真令人在意。在又被捲進麻煩裡面前，希望能先掌握狀況。」

我對她的話沒有異議。在第五層被捲入ＤＫＢ與ＡＬＳ的公會旗爭奪戰，第六層則是被捲進樓層魔王討伐競爭裡而相當辛苦，因此如果雙方又可能因為新的事件而發生紛爭，希望能在情況變得不可收拾前先獲得情報。

如此一來，能夠詢問的對象就只有一個人了。

「反正那個傢伙應該也到這個城市來了，就聯絡看看吧……」

我一這麼說，亞絲娜露出開心的表情點了點頭。

傳送「想見面談談」的即時訊息後，兩分鐘之後得到回答。

「現在場面正熱呢，十五分鐘後可以嗎？在噴水池廣場西南一家叫做『Pots N Pots』的店見面。」

亞絲娜窺探著我的視窗，發出感到懷疑的聲音。

「她說場面正熱……難道是在賺取經驗值嗎？」

「這個嘛，我想應該不是……」

「那是什麼？」

「我看妳還是問她本人吧。」

我這麼說完後就把視窗關上。

對方指定的噴水池廣場，位於東西向貫穿窩魯布達的大路與貫穿南北的大階梯交接處。距離現在位置只有僅僅不到一百公尺。由於以普通的速度行走也不到五分鐘就能抵達，於是就邊窺看道路左右兩邊林立的餐館邊緩緩前進，花了十分鐘才到達目的地。

噴水池廣場是我個人調查的窩魯布達觀光景點第三名——第一名是賭場，第二名則是沙灘。面積雖然不大，但是廣場中央聳立著有著一顆鳥頭的女神像，從她腳邊的天然岩石不斷湧出清冽的泉水形成圓形的水池。

靠近噴水池的亞絲娜，透過鐵欄杆窺看裡面的瞬間就發出「啊」一聲。

「你看，好多金幣跟銀幣！」

正如她所說的，營火照耀下的水底有無數的硬幣閃爍著光芒。或許是錯覺吧，枚數似乎比封測時期變得更多了。

「別跳下去撿喔，衛兵會飛奔而至。」

「我才不會撿哩！」

稍微用力戳了一下我的側腹部後，亞絲娜再次看向噴水池。

「……好漂亮，就像是特雷維噴泉。」

「啊，這個我也知道。是在羅馬的對吧。」

「答對了。我也來丟硬幣吧。」

這麼說完後，亞絲娜就從腰包的小口袋裡抓出兩枚銀幣。

「咦咦，要丟兩百珂爾嗎？這裡可沒什麼支援效果喔。」

「沒關係！」

再瞪了我一眼後，不知道為什麼就背對噴水池，朝身後丟出兩枚硬幣。發出輕巧水聲後落水的硬幣，緩緩搖晃著沉了下去，在水池底部稍微重疊在一起後靜止不動。

「……也不用一次丟到兩枚啊……」

兩百珂爾可以在雷庫西歐的明小姐店裡吃五盤大份的海南雞飯了，當這麼想的我嘴裡這麼碎唸時，亞絲娜就混雜著嘆息回答：

「特雷維噴泉有能實現的願望會因為投入的硬幣數量改變這樣的傳說。」

「哦，怎麼樣改變？」

「一枚的話就能再次回到羅馬，兩枚的話，重要的……」

但這時候她不知道為什麼瞬間閉上嘴巴，把頭轉向旁邊。

「剩下的自己查。」

「在艾恩葛朗特是要怎麼查啦……」

「回到現實世界之後再用網路搜尋之類的就可以了。」

「那還要多久啊？」

那個時候我絕對已經忘了，這麼想的我看向視界右端。

「糟糕，剩一分鐘了。」

「啊，對喔。」

急忙離開噴水池廣場往西南方衝刺。但是那裡只有觀光導覽處而已，看不到對方指定的那家名為「Pots N Pots」的店。

「咦，沒有啊……是其他轉角嗎？」

「不，妳等一下。」

我用左手抓住亞絲娜束腰上衣的袖口並且動著鼻子。雖然極其輕微，但夜風裡確實包含了某種香味。

「……這邊吧……」

往廣場南邊移動後，看到貫穿城鎮的大階梯筆直延伸。說是階梯，但每一階的面積有三公尺，寬則有十公尺左右，中央還設置了花圃，算是相當華麗的道路。正下方盡頭處聳立著巨大的門，門後面是沙灘與海（正確來說是湖），可以遙望遠方的樓層外圍部與無限的晚霞天空。雖然這確實是難得的美景，但現在沒有時間為之著迷了。

拉著亞絲娜的袖子走下大階梯，經由狹窄的小徑往右前進。剛好在觀光導覽處正後方的地點，豎著一塊小看板。以歪七扭八字體所寫的店名的確是「Pots N Pots」——但不知道意思。

「啊，是這裡！」

亞絲娜這樣的聲音與「咻噠噠噠」的腳步聲重疊在一起。一道嬌小的人影以猛烈的速度從巷弄前方跑過來，不給我們備戰的空檔就在眼前停了下來。

「抱歉抱歉，遲到了二十秒！」

這麼說著並且低下頭來的是罩著黃灰色連帽斗篷的嬌小玩家——情報販子「老鼠」亞魯戈。

亞絲娜迅速把依然被我抓著的衣袖拉回去，往前走出一步後以開朗的聲音說：

「沒關係，我們也才剛到！」

「這樣啊，小亞好久……也沒有嘛。昨天晚上才剛分開而已。」

面對輕輕聳肩的亞魯戈，我也輕舉起右手並且表示：

「哈囉，抱歉在場面正熱時打擾妳。」

「不會啦，我也正準備要撤了。」

「贏了嗎？」

「沒輸沒贏吧。今天只是先去調查一下。」

愣在當地的亞絲娜突然大聲地表示：

「啊，所謂的場面很熱，難道指的是賭場？亞魯戈小姐也去賭錢嗎？」

「聽妳說賭錢，就飄盪著一股犯罪的氣味。至少說是賭博嘛。」

「都是一樣的吧。」

對亞絲娜的指謫發出「咿嘻嘻嘻」的笑聲後，亞魯戈就大力拍著亞絲娜的右肘附近。

「哎呀，別這麼說嘛。今天深夜，攻略冊的第七層篇第一集就準備販售了。這也是情報販子的工作啊。」

才剛浮現「真是可疑……」的念頭，我突然就注意到某件事。

「咦……第七層的攻略冊還沒有開賣嗎？我還以為一定是看了妳的攻略冊，ALS和DKB那群傢伙才會直接跑來窩魯布達……」

我的話讓亞魯戈再次聳聳肩。

「嗯……也有其他的封測玩家呀。應該是從那邊獲得賭場的情報吧……應該說，要不要先進店裡？我快餓扁啦。」

聽她這麼一說，我的虛擬胃袋也開始扭曲了起來。亞絲娜也默默點了點頭，於是我們就跟著亞魯戈一起進到謎樣店家Pots N Pots裡面。

店內比雷庫西歐的海南雞飯餐廳還要狹窄，只有四個吧檯座位。其中三個照亞魯戈、亞絲娜、我這樣的順序被我們占領，我先是找起了菜單，但是吧檯上面沒有看見。當我左顧右盼時，就從亞絲娜旁邊傳來聲音。

「桐仔，菜單在正面的牆壁上喲。」

「嗯啊？」

抬起臉來看深處的牆壁，確實掛著一個寫滿小小英文字母的板子。原本以為是裝飾品，結果那似乎就是菜單了。

「嗯……Chicken and tomato……Chicken and bean……Chicken and mushroom……」

稍微跳過一些繼續看之後，發現Chicken之後是Beef and 某種配菜，再來是Fish and某種配菜，接著是Mutton and某種配菜，往板子的左側看去也能看到Rabbit、Deer、Partridge等等單字。

「Rabbit是兔子、Deer是鹿對吧……那Partridge是什麼？」

當我感到狐疑時，這次是亞絲娜出手幫了我一把。

「我想應該是山鶉。」

「山鶉……那和Normal partridge有什麼不同？」

「應該是在山裡吧，我也不清楚就是了。」

「原……原來如此。」

點完頭後再次把視線移回菜單上。排得滿滿的菜名恐怕多達上百種吧，問題是完全不清楚它們是什麼料理。如果點了Partridge and bean，結果端出來的盤子上放了一整隻塞了豆子的烤山鶉，這樣就算我的肚子再餓也沒辦法吃完。即使想詢問店員，櫃檯後面的廚房也看不到人影。

當我煩惱著該怎麼辦時——

「我要點Beef and potato。」

「我是Rabbit and herb。」

左側的兩個女孩子相繼點餐，不知從何處傳來「好喲」的聲音。嚇一跳後就彎腰窺探櫃檯後方。結果一道嬌小人影從左側門口快速走過來，將拿在兩手上的圓形物體放進右側的烤箱。

這個NPC就是店長吧，整個膨脹的廚師帽戴得很深，鮮紅的領巾一路綁到耳朵附近，所以無法判斷對方是男是女，是年輕還是年老。唯一可以確定的是，繼續像這樣不點餐的話我的晚餐不論過多久都不會送過來。

「呃……呃……那我要Partridge and parsnip！」

既然如此那就連下面的配菜都還搞不清楚究竟為何的東西！當我有點自暴自棄地點完餐後，廚師再次回答「好喲」，就消失在廚房左邊的陰暗處。然後立刻拿著謎樣圓形物體走出來，再次將其丟進烤箱裡。

雖說到現在還是無法想像是什麼樣的料理，但短短一分鐘左右店內就開始飄盪讓人食指大動的香氣，我這才鬆了一口氣。至少聞起來不是難以下嚥的食物，何況選擇這家店的可是艾恩葛朗特最頂尖的情報販子「老鼠」。

又過了一分鐘後，廚師就從烤箱裡拿出兩個圓形物體。放到簡樸的木盤上，附上刀叉與湯匙後並排在亞絲娜與亞魯戈面前。

一看之下，發現那是烤得微焦的圓麵包。看起來雖然可口……但是牛肉和兔肉到哪裡去了呢？

但亞絲娜似乎已經知道料理的機關，毫不猶豫就抓住麵包上部「啪」一聲把它抬起來。下一個瞬間，熱氣輕輕飄起，我的口中也發出「喔喔」的感嘆聲。直徑十五公分左右的圓麵包內部被挖空，裡面裝滿深茶色的燉菜。

「原來如此，是這樣的機關嗎……」

當我這麼呢喃時，亞絲娜就瞄了我一眼並且很驕傲地表示：

「從店名就能想像得出來了吧。」

「咦？Pots N Pots……那是什麼意思？」

「很多酥皮盅。這是酥皮盅喲。」

「喔……哦～原來是這樣啊……」

內心嘀咕著「臭老鼠，早點說啊！」並且瞪向亞絲娜的身後，但亞魯戈很快就把圓麵包的蓋子部分浸到燉菜裡並且大口嚼了起來。

當我差點流下口水時，烤成深黃色的圓麵包也華麗地在我眼前登場。亞絲娜似乎貼心地等待我的餐點上桌，接著我便跟她同時說了聲「開動了」並且拿起蓋子。

裝在麵包裡的是乳白色燉菜。模仿亞魯戈把蓋子撕成一半，浸在燉菜之後才咬下去。

真好吃。味道近似現實世界吃慣了的奶油燉菜，但是又能感受到隱藏了某種野性的香味與些微甘甜。一瞬間就吃完蓋子，接著右手握住湯匙。首先品嘗Partridge也就是山鶉的肉，享受過濃厚的滋味與入口即化的口感之後，就撈到謎樣的白色食材。半圓形的塊狀物看起來像是馬鈴薯也像是蕪菁。

「……這就是Parsnip嗎……」

當我仔細端詳並且如此呢喃時，亞絲娜就以同情的表情看著我。

「你不知道是什麼就點了嗎？」

「嗯。」

「那是蜥蜴的尾巴喔。」

「……咦？」

我反射性把原本靠近嘴巴的湯匙移開。當然因為這裡是虛擬世界，所以我吃的山鶉肉、亞絲娜的兔肉和亞魯戈的牛肉都是虛擬檔案，就算是蜥蜴肉也不會有所改變……但還是心情上的問題卻還是絕對無法忽視。

「……怎麼會有山鶉和蜥蜴這樣的組合啦……」

當我忍不住做出這樣的發言時，亞絲娜和亞魯戈就同時噗哧一聲笑了出來。

「捉弄桐仔真是太有趣了。那是植物啦。」

「咦，真的嗎？」

「嗯，真的喔。日文的話叫做砂糖蘿蔔或者美洲防風。」

側眼瞪了一下恬然如此回答的亞絲娜後，我就把白色塊狀物放進嘴裡。清脆的口感雖然很像白蘿蔔，但是有獨特的香氣與甜味。雖說很有個性，但並非讓人討厭的味道。

「原來如此，確實有砂糖蘿蔔的感覺。」

吞下去後做出這樣的評論，亞絲娜立刻接著說道：

「正確來說應該是芹菜的同伴喔。」

「…………只要不是蜥蜴就好。」

如此回應後，右手就開始正式動了起來。當我吃了兩三口時，又再次聽見亞魯戈的聲音。

「兩位，不嫌棄的話要不要交換著吃呀？」

和亞絲娜面面相覷之後，同時表示贊成之意。

一開始把我的酥皮盅移到亞魯戈面前，亞魯戈的酥皮盅移到亞絲娜面前，亞絲娜的則橫移到我面前。這應該是Rabbit and herb……也就是兔肉與香草。一嚐之下，發現肉質比山鶉更硬一些但很順口，與數種香草刺激的香氣相當合拍。

又吃了三分之一後開始第三次交換。亞魯戈點的Beef and potato屬於王道的美味，超大肉塊與鬆軟馬鈴薯的組合讓人相當滿足。連麵包底部都吃得精光後，我就小聲詢問亞絲娜：

「嗳，這可以連當容器的麵包都吃掉嗎？」

「應該可以吧？都準備了刀子。」

「啊，這是拿來切麵包的嗎……」

同意對方的意見後，就拿波浪狀刀刃的刀子把圓麵包切成兩半。繼續把它切成小塊之後，開始咬起在燉菜裡面浸得恰到好處的麵包。

當我在大快朵頤時，亞絲娜也用比我更加流暢的手法切著麵包說：

「桐人覺得哪一種燉菜最好吃？」

「咦……嗯，每一種都很美味啦。山鶉和蜥蜴，不對，砂糖蘿蔔是我從未嚐過的口味，兔肉與香草相當刺激，牛肉與馬鈴薯則是很安定的美味……但一定要選出第一名的話應該是兔肉吧。」

「哎呀，是這樣嗎？為什麼？」

「可能是我最喜歡它的口感吧。」

「哦，原來如此……」

雖然不清楚她同意些什麼，但亞絲娜輕輕點頭後，就以叉子高雅地品嚐著切成漂亮正方形的麵包。

用完餐後來到店外，夜色已經完全降臨窩魯布達。我深深吸了一口從沙灘那裡往上吹來的舒服涼風，接著大大地伸了一個懶腰。

「呼～滿足了……亞魯戈，謝謝妳告訴我們這麼棒的店。」

「因為就在廣場的後面，其實不是很容易發現。這次就不跟你收情報費啦。」

「那真是謝謝了。」

當我露出苦笑的瞬間，身邊的亞絲娜就發出「啊！」的聲音。

「怎……怎麼了嗎？」

「……感覺跟亞魯戈小姐聯絡好像不是為了要吃飯耶。」

一聽她這麼說，我跟「老鼠」也發出「啊！」的叫聲。

覺得再次進入結完帳並且離開的「Pots N Pots」實在很蠢，不過又懶得現在才開始找飲料店。如此判斷的我們，決定先到旅館登記住宿。

窩魯布達的旅館聚集在面海的城鎮南側。最高級的旅館是在賭場的上層。但是想住那裡的話需要的不是珂爾幣而是賭場的籌碼。

我們悠閒地走下大階梯，在衛兵守衛的豪華大門前往右轉。繼續靠近沙灘的話，就會因為高大石牆而看不見海與沙灘。

「……難得的沙灘卻是賭場專用，這個城市的居民都不會抱怨嗎？」

聽見亞絲娜的問題後，我一瞬間想要回答「哎呀，他們都是ＮＰＣ嘛」，但最後還是把話吞了回去。

不只是黑暗精靈騎士基滋梅爾，在第六層相遇的米亞、賽亞諾以及布乎魯姆等ＮＰＣ，都具有幾乎等同於人類的高度會話能力與感情表現。就算不是所有的ＮＰＣ都是這樣，窩魯布達應該也存在被賦予同等級ＡＩ的居民才對吧。

可以的話，在這層不想見到ＮＰＣ的死亡了……當我這麼想時，亞魯戈就回答了亞絲娜的問題。

「嗯……或許真的有感到不滿喲。因為這個城市就像是被那座巨大賭場所支配呀。」

「支……支配？聽起來很恐怖耶……」

「現實世界也有公司城鎮吧？窩魯布達的經濟是靠來賭場的觀光客來活絡，就算被趕出沙灘，居民也沒辦法抱怨啦。」

聽著這些說明的亞絲娜，稍微瞄了左側的石牆一眼。

「……聽妳這麼一說，就覺得不好意思在沙灘悠閒地玩耍了……」

「哎呀，小亞你們的目標是沙灘嗎？那我真是不該多嘴。」

「不會啦，能知道這些消息真是太好了。」

亞絲娜這麼回答時，我就邊看著她的側臉邊開口詢問：

「那個……還是別去沙灘了？」

「不，還是要去。」

沒想到亞絲娜立刻這麼回答，接著又表示：

「在第六層深刻地了解到這個世界並非按照表面的設定來運作……所以任何事情都想用自己的眼睛來看、用耳朵來聽之後才開始思考。對好心說明給我們聽的亞魯戈小姐不太好意思就是了。」

「咿嘻嘻，沒什麼好道歉的。我也經常提醒自己不要把聽來的傳聞完全當真。哎呀……推薦的旅館就是這裡。」

指了一下前方可以看見的四層樓建築物後，亞魯戈就咧嘴笑著加了一句：

「當然，要不要住宿還是由小亞自己的眼睛看過之後再決定吧。」

4

亞絲娜似乎一眼就喜歡上亞魯戈推薦的這間名為「Amber moon Inn」的旅館。

由於ＤＫＢ與ＡＬＳ已經大舉移動到這裡了，原本還擔心會訂不到好的房間，但是看來他們不是沒有以確保旅館為優先，就是打算住並設於賭場的超高級飯店，目前所有房間都沒有人入住。

由於亞魯戈也是接下來才要找旅館，所以我們三個人就一起租下四樓的白金套房。雖然是很驚悚的價格，但三個人分攤的話也不至於付不起。當然因為有三間寢室，所以不會發生第三層的黑暗精靈野營地或者第六層的嘎雷城那樣超出國二男生對應能力的情況……應該啦。

因為沒有電梯，於是直接踩著樓梯上到四樓。用普通的鑰匙而非益智遊戲打開門的亞絲娜，踏進房間一步的瞬間就大叫：「好棒喔！」

我也馬上知道到底是什麼很棒了。寬敞客廳的正面牆壁是艾恩葛朗特較為少見的三連大窗，可以完整地眺望城鎮南邊廣大的沙灘與海洋。

雖然太陽已經下山，但是沙灘上等間隔排列著營火，從外圍開口處照射進來的月光在水面上畫出藍白色的光之道路。屋內的裝潢雖然比不上黑暗精靈的城堡，但是窗戶外的景觀是至今為止住過的房間裡數一數二的吧。

亞絲娜跑到大窗戶旁邊，著迷地望著豪華夜景，這時她的背影加上背景就像是一幅畫。我不由得茫然望著這一幕，結果右頰感覺到視線，於是便轉過頭去。

「……妳在笑什麼？」

「沒什麼啊。」

發出「咿嘻嘻嘻」笑聲的亞魯戈，解除連帽斗篷後就走向客廳角落的廚房區域。現實世界的話冰箱裡面應該會準備好冰涼的飲料，但是艾恩葛朗特不存在換熱器與冰凍魔法。在爐子上點火就能煮水泡茶，現在雖然不比白天，依然是仲夏般的氣溫，可以的話還是不想喝熱飲。

「喂，亞魯戈。我喝這邊的水就可以了啦。」

這麼說的我準備自己倒水於是也靠近廚房，但是亞魯戈迅速地把水壺搶了過去。

「哎呀，交給姊姊就對啦。」

把水壺和三個玻璃杯放在托盤上後，她就移動到客廳中央的沙發組前面。沒辦法的我只能跟著過去，幫忙把杯子並排在矮桌上後就坐到鬆軟的沙發上面。

「小亞也過來嘛，很有趣喲。」

因為亞魯戈的呼喚才好不容易回過頭來的亞絲娜，眨了幾下眼睛並且朝我們靠近。坐到我

身邊後就微微歪著頭說：

「什麼東西很有趣……？」

「哎呀，妳看著吧。」

亞魯戈將三個杯子倒滿水之後就打開道具欄。實體化的是淡藍色樹果……不對，應該是花蕾。直徑大概兩公分，另一端微微突出的球體。連前封測玩家的我都不記得曾看過這個東西。

亞魯戈輕輕地把一個花蕾丟進杯子裡。

先是往下沉的花蕾開始緩緩浮起。同時還發出細微的「咻咻」「啪嘰啪嘰」的聲響。

一邊產生小泡泡一邊回到水面的花蕾輕輕地綻放。隨著半透明的水色花瓣攤開，啪嘰啪嘰的聲音逐漸變大。

花了五秒鐘左右，完全打開的花朵有著奇妙的形狀。六角形的花瓣往六個方向突出，正中央的花蕊是由正三角形組合起來的二十面骰子型。在看得入迷的期間，其透明度也逐漸增加。與其說是植物，不如說比較像是冰雕。

「好漂亮……」

如此呢喃的亞絲娜突然探出身體。從杯子正上方窺看之後就很高興般說著「果然如此」。

「什麼果然如此？」

「桐人也從上面看看。」

和亞絲娜交換位置後窺探玻璃杯的瞬間，我也忍不住發出「啊」一聲。冰花從正上方看的話就跟雪的結晶一模一樣。我維持半蹲的姿勢，朝在桌子對面咧嘴笑著的情報販子問道：

「亞魯戈，這到底是什麼？」

「接下來才是驚人之處喲。小亞，妳喝喝看吧。」

「呃，嗯……」

把手伸向杯子的亞絲娜，指尖觸碰到的瞬間就大叫著「好冰！」。仔細一看之下，杯子側面已經因為極小的水滴而完全蒙上一層霧氣。

亞絲娜再次抓住杯子並且把它拿起來。下定決心般將其靠到嘴巴接著傾倒。水面上的花朵搖晃，發出「喀啷」的清爽聲音。

一開始只是嚐嚐味道，接著亞絲娜就直接一口氣喝下一半，然後以瞪大的雙眼交互看著我和亞魯戈並且大叫：

「好冰喔！真好喝！好冰喔！」

「真……真的嗎？我也要……」

當我準備把手伸向隔壁時，亞魯戈就說：

「來，也幫桐仔做了一杯喲。」

一看之下，不知道什麼時候其他兩個杯子裡也開了冰花。抓住亞魯戈推過來的杯子，對於手似乎要黏在上面的冰冷度感到驚訝，同時將內容物送進口中。

這絕對是冰水不會錯了。雖然有點薄荷般的風味，但這也更添加了清涼感。極為冰涼的液體滑落喉嚨深處，逐漸滲入因為暑氣而發熱的身體後形成的快感真是筆墨難以形容。

一口氣喝下三分之二以上的冰水後，我才「呼～～」一聲發出感到極度幸福的嘆息。自從第四層的約費爾城之後，就沒在艾恩葛朗特喝到冰水了。那時候是像要下雪般的寒冷，所以不覺得有什麼珍貴，在盛夏般的第七層所喝的冰水，甚至可以贏過高等級的回復藥水。

「……亞魯戈，這是什麼花？」

再次詢問後，「老鼠」先喝了一口自己的冰水才回答：

「道具名稱是『雪樹的花蕾』，效果正如剛才所見，能把一杯水變冰，喝完之後還有兩種支援效果。」

「咦，真的嗎？」

「我幹嘛說謊。順帶一提，不在冰花融解之前喝光的話就無效喲。」

「咦，真的嗎？」

重複同樣的問題後才窺看著杯子內部，確實近似雪花結晶的花朵已經比剛開時小了一圈。

原本想小口小口品嚐剩下來的稀有冰水，但是支援效果也讓人在意。下定決心後就把杯子貼到嘴巴上然後大大地傾斜。

對流入的冰水感到陶然並且將其喝下，接著看向自己的ＨＰ條，一秒鐘後就亮起兩個小小圖示。一個是熟悉的ＨＰ逐漸回復圖示，另一個盾牌符號與小火焰重疊的圖示是──

「啊……這是火焰抗性支援效果嗎？」

「Ｙｅｓ。」

我把視線從兩個支援效果圖示移到滿臉笑容的亞魯戈臉上。

「等一下，回復也就算了，火焰抗性相當稀有吧。能夠在這裡直接讓我們喝嗎？」

「別在意，因為我還有很多呀。」

「妳……妳從哪裡得到的？」

「這就真的無法免費告訴你啦～」

雖然很想大叫「太殘忍了吧！」，但眼前坐的是情報販子。說起來反而應該感謝她至今為止免費告訴我們那麼多情報吧。

「……要……要多少錢？」

畏畏縮縮地詢問價錢後，亞魯戈就以雙手包裹仍剩下許多冰水的玻璃杯，發出「嗯～～」的沉吟聲。

「這個嘛……雖然也可以跟平常一樣要求用珂爾支付……不過這次就讓你們以勞動來付款吧。」

「勞……勞動？」

原本想跟和身旁的搭檔面面相覷……但喝完冰水的亞絲娜只是一直凝視著殘留在杯子裡的冰花而沒有抬起臉，於是我只能再次面向前方。

「妳說勞動，是要做什麼事……？」

「別那麼害怕。我怎麼可能讓桐仔和小亞去做危險的事呢？只是想要你們幫忙獨自一個人有點難攻略的任務而已。」

「任務……」

這個ＳＡＯ確實存在不少獨行玩家不可能攻略的任務，封測時期好幾次因為這樣而有了懊悔的回憶。其實只要當場募集臨時的同伴就可以了，但如果是能輕易辦到這種事的人，現在早就隸屬於兩大公會其中之一了吧。

思考到這裡，就覺得與人溝通技能的熟練度應該比我高十倍的亞絲娜獨自攻略遊戲長達一個月是很不可思議的事情，但是感覺理由之一就是攻略集團的男女比例極度不平衡。即使死亡遊戲開始到現在已經過了兩個月，ＤＫＢ以及ＡＬＳ的女性玩家依然屈指可數。由於並非能力上有什麼差異，所以應該是攻略集團的排他氛圍阻礙了女性的參加。想要改變這種氛圍，果然還是需要女性的領袖……

我斬斷剎那間的思緒，把視線焦點對準亞魯戈的臉。

「這個城市無法獨自攻略的任務，應該是跟賭場有關的吧？」

「真是聰明……好像有點言過其實，因為窩魯布達幾乎所有任務都跟賭場有關。」

「嗯……是可以幫忙啦……不過要是像第六層的『史塔基翁的詛咒』那種又臭又長的連續任務就敬謝不敏了。」

「放心吧，是馬上就能解決的任務……大概啦。」

心裡想著「真是可疑」並且再次把眼睛移向隔壁，但亞絲娜依然凝視著手邊的玻璃杯。

「……那個，亞絲娜小姐？」

輕聲呼喚之後，細劍使才終於抬起頭來。先看向我再看向亞魯戈，然後有點害羞般問道：

「亞魯戈小姐，這朵花可以吃嗎？」

「啊，看起來確實很好吃嘛。請吧請吧。」

聽見這樣的回答之後，我也沒辦法忽視這個問題了。

把在杯子底下融成一口尺寸的冰花放進嘴裡咬碎後就發出「啪哩啪哩」的聲音並暢快地碎了開來。享受過清爽的薄荷風味之後，就把空玻璃杯放回桌上。

跟亞絲娜同時說了句「多謝招待」，約定好承接亞魯戈的委託之後，我才終於進入主題。

「那麼……把妳找來並非為了美味的晚餐或者優良的旅館，是想要妳告訴我們ALS與DKB那麼早就來到這個城市，然後天還沒暗就開始舉行宴會的理由。」

「嗯啊～？還以為是什麼呢，原來是這件事呀。」

我輕瞪了一眼整個沉入皮革沙發上的亞魯戈。

「什麼叫這件事，這無論怎麼想都很奇怪吧。只有ＡＬＳ那群傢伙的話就還能理解，但是連認真戰隊ＤＫＢ都拿著大啤酒杯在乾杯喔。」

「哦……我也想看看那種模樣。不過呢，既然在這個城市舉行宴會，那理由應該就只有一個吧。」

若無其事般如此斷定的亞魯戈，一瞬間看向天花板後才又繼續表示：

「也不是什麼需要賣關子的情報，費用就全部包含在剛才的委託裡面吧。那群傢伙之所以在乾杯，是因為在賭場大賺了一票。」

「「咦！」」

不只是我，連亞絲娜都發出驚訝的聲音。

「大賺了一票……剛來到窩魯布達當天就贏了嗎？」

「那些人是因為賭博贏了而乾杯嗎？」

我和亞絲娜感到驚訝的原因似乎方向性有些差異，但亞魯戈並不在意，直接點頭說道：

「是啊。那可不是我的想像喲。因為我親眼看見那群傢伙在起鬨了。」

「到底是賭什麼項目贏錢了呢？撲克、骰子和輪盤應該不可能半天就贏一大票吧。」

「……桐人，你倒是很清楚嘛。」

我以左頰擋開亞絲娜帶刺的眼神，等待亞魯戈的回答。

不知道為何發出「咿嘻嘻」的笑聲後，情報販子才豎起右手的一根手指。

「我也是進入賭場之後才知道，那裡自從封測時期之後就做了許多變更喲。」

「……比如說呢？」

「最大的變更是賣點的那個改成白天跟夜晚舉行兩次嘍。」

聽見這個亞絲娜應該不會懂的情報後，我便輕輕屏住呼吸。

「…………真的嗎……」

如此呢喃之後，又將往前傾的身軀沉進柔軟的椅背裡。下一刻，身邊的亞絲娜就用左肘輕輕戳了我一下。

「喂，那個指的是什麼？」

「啊……」

將視線在空中游移了一陣子後，才說出讓我在封測時期輸到只剩下一把劍的主要原因，也就是某個賭博項目的名稱。

「……『戰鬥競技場』……也就是怪物鬥技場喔。」

5

把矮桌上物品收拾乾淨的我們，就到設置在套房裡的浴室洗去汗水與塵埃。當然不是一起入浴，一開始是我，接著是亞絲娜跟亞魯戈這樣的順序。相對於不到三分鐘就解決的我，她們兩個人花了三十分鐘以上，在等待期間我甚至還提升了一級「冥想」技能的熟練度。

在第六層的嘎雷城裡，由漢堡排老爺爺，亦即布乎魯姆老人傳授給我的這個技能也還殘留著許多謎團。「冥想」本身的效果相當簡單，持續擺出坐禪般的姿勢一定時間後，就能獲得ＨＰ逐漸回復以及異常狀態抵抗機率上升的支援效果。雖然相當有用，但熟練度零的話就需要坐禪長達六十秒，所以戰鬥中根本無法使用。

只不過，沒有「冥想」庇佑就無法對抗前來襲擊嘎雷城的墮落精靈兵所投擲的麻痺毒飛針，因此今後也要跟他們，以及使用相同武器的ＰＫ集團戰鬥的話，這可以說是必須的技能吧。雖然是很好的技能，但有問題的是「冥想」的技能Ｍｏｄ「覺醒」。

每當把每個技能的熟練度提升到規定值就能獲得的技能Ｍｏｄ，也就是附加效果，一般來說都非常簡單易懂。武器技能的話像是「劍技冷卻時間縮短」、「會心一擊率上升」，「搜敵」技能的話就像是「同時搜敵數上升」或者「搜敵距離上升」等等，甚至根本不用去閱讀Mod的說明文。

但是「覺醒」Mod完全無法從名稱掌握它的效果，說明文也只寫了「將精神集中到極限，發揮出祕藏的能力」。雖說忍不住會想——值得為了這種謎樣Mod而使用一個貴重的技能格子嗎？但「覺醒」是「冥想」的熟練度到達500才能獲得的Mod，一旦從技能格子中刪除的話應該就永遠無法取回了吧。

其實也不是完全想像不到「覺醒」的效果。

在與第六層樓層魔王「荒謬方塊」進行激鬥的最終幕時突然現出真面目的PK集團成員之一——巴庫薩姆。他從瀕死的魔王背後拔下擁有「分解」與「結合」咒力的黃金方塊，讓魔王房間內除了他之外的人都僵住了。

看見巴庫薩姆想要殺害米亞的母親賽亞諾，我就以幾乎快燒斷腦神經的強度想著「快動」……然後確實看見了。不動化異常狀態的圖示旁邊出現了類似「冥想」支援效果的圖示。

坐禪的人背後畫著金色光圈般的圖示一亮起的瞬間，不動化異常狀態就得到解除，突進的我沒有使出劍技，光是用通常技的一擊就把巴庫薩姆的長劍連同左手一起砍斷了。很可惜的是被巴庫薩姆逃走，但如果沒有在那個時候打破異常狀態，不只是米亞和賽亞諾，連我跟亞絲娜都會被他殺掉吧。

那就是「覺醒」Mod的效果嗎？我「將精神集中到極限」然後「發揮出祕藏的能力」來打破了黃金方塊的咒縛嗎？

但是艾恩葛朗特怎麼說都只是藉由NERveGEAR生成的VR世界。在這個奇蹟與魔法都確實不存在的這個世界裡，該如何計測「集中力」這種無法量化的東西呢？茅場晶彥開發的NERveGEAR其實不只能讀取為了操縱虛擬角色的運動命令，甚至連思考都能看透嗎？

提到謎團就想到巴庫薩姆的真實身分也尚未明朗。由於裝備著完全覆蓋住鼻子上方的輕便頭盔，所以無法看見臉龐，但如果以前就潛伏在DKB的話，應該曾經被公會成員看過長相才對。關於他的事情，DKB與ALS應該在第六層魔王房間召開過緊急會議，現在才想到我也還沒聽過開會的內容。之後得跟DKB的席娃達確認一下才行……當我想到這裡時，亞絲娜她們才終於從浴室裡出來。

亞絲娜身穿袖子鼓起的迷你洋裝以及長度到膝蓋以下的連腳褲，亞魯戈則是寬鬆無袖上衣加上短褲這種罕見的打扮，讓我不由得愣愣望著她。突然間，亞魯戈臉上浮現最誇張的惡作劇笑容。

「怎麼啦，桐仔？被姊姊的美腿給迷住了嗎？」

「我……我才沒有哩！」

回答跟小學低年級生同樣的台詞後，我便把頭轉到一邊並加了一句：

「只是覺得妳的打扮看起來很涼爽真是令人羨慕。」

「那桐人你也換上夏天的服裝如何？」

由於亞絲娜立刻就這麼說道，我便低頭看著自己的身體。

長大衣與胸甲已經解除，只剩下黑色長袖上衣與黑色長褲。這確實很難說是適合夏天的服裝，但是「緊身上衣」的布料算薄，「深黑針織長褲」是稀有掉寶品，不但防禦力高透氣性也很棒。而且說起來──

「……再脫下去我就只剩內褲了。」

下一個瞬間，亞絲娜的眉毛就整個上揚。

「沒有人叫你脫掉吧！只是要你換衣服！」

「咦～我沒有多餘的衣服啊……」

聽見我這麼說後，亞絲娜與亞魯戈就面面相覷，像要表示「男生就是這樣……」般嘆了口氣。

幸好她們沒有再追究下去，於是我們就從四樓快步走到一樓並來到旅館外面。

已經過了晚上八點。平常的話正是「夜間攻略」開始的時機，但今天已經沒有打算去圈外了。雖然覺得不需要帶劍，但為了慎重起見，決定不拿主武器而是選擇放置在道具欄深處的短劍，並裝備在左腰而非背上。

悠閒地走在飄盪熱帶香氣的海岸邊，從窩魯布達三條階梯道路之一，通稱「西階梯」往上爬。其寬度大約是大階梯的一半，不過有可疑道具屋與酒店等店面，散發出傳統「ＲＰＧ巷弄」的氣氛。

我記得這裡準備了幾個任務的開始點，但今夜只能先略過它們繼續爬著許多人走過後磨平的階梯。最後前方看見一棟打著特別明亮燈光的巨大建築物。

深藍色圓頂型屋頂與貫穿夜空的尖塔。在塔尖飄揚的是分別由紅色與黑色染成的三角旗。那正是歡喜與絕望捲動的「窩魯布達大賭場」。

突然間發現明明已經不悶熱了，自己的雙手卻微微滲出汗水。「這樣的我……竟然感到害怕……？」，雖然很想呢喃這麼一句話，但要是被兩名女性聽見，不是被懷疑就是對我感到傻眼，所以只能忍耐下來。

從西階梯進入賭場前的廣場後氣氛瞬間為之一變。雖然比城市中央的噴水池廣場窄了一點，但地面由光亮磁磚鋪設成複雜的馬賽克裝飾，四周圍的店家格調也很高。但是最具魄力的應該是屹立在廣場西側的賭場那雄偉的模樣。營火照耀之下的純白牆壁與施加精緻雕刻的圓柱，看起來就像國王居住的城堡。

嗯，那實際上也算是窩魯布達的王城吧。雖然不清楚長相與姓名，但擁有大賭場的人物事實上就支配著這個城市。

開放的正面入口兩側站著完全武裝的衛兵，從金碧輝煌的建築物內側溢出輕快的弦樂與歡樂的喧囂。進入建築物的ＮＰＣ們都穿著華服，看見這一幕的亞絲娜迅速靠近我並且呢喃著：

「噯，那座賭場沒有Dress code吧？」

「Dress code……？」

一瞬間以為是什麼可以獲得裝備道具的下載碼之類的，之後才終於發現是服裝規範。

「不，完全沒有。」

我同時搖晃臉龐與右手，然後接著說：

「只穿著一條內褲的話當然會被阻擋，但不論是初期裝備、破爛長袍，又或者是全身板甲都沒關係。說起來，妳認為ＤＫＢ和ＡＬＳ那群粗暴的男人會有正式服裝嗎？」

「……說得也是。」

當亞絲娜像是能理解般點頭的瞬間，簡直就像我們的對話是召喚咒文一樣，廣場的另一邊傳來了熟悉的關西腔。

「很好，晚上也要大贏特贏，然後獲得那把超大的劍喲！」

他的宣言跟「喔喔！」「好耶！」的破鑼嗓重疊在一起。我們迅速後退，躲在附近店家的屋簷下後，看向聲音傳過來的方向，也就是廣場的東側。

從主街道正中央走過來的，是身穿深綠與黑金色裝備的十名左右的玩家。不用看見走在最前面的男人那頭刺蝟般髮型，也能知道是ALS的幹部們。看來公會所有成員的宴會先行結束，似乎只有中心成員才前往夜晚的賭場。

牙王他們沒有注意到這邊，直接大步橫越廣場，然後闖進大賭場裡。應該是準備在夜晚再次舉行的怪物鬥技場豪賭一場吧。

「……什麼是超大的劍？」

由於跟封測時期的知識對照也想不出答案，我便對亞魯戈這麼問道。但是情報販子只是聳肩，呢喃著對我回了一句「你自己去看吧」。

「好啦……那我們也進去吧。」

如此說完並且準備離開牆邊時，亞絲娜就用力把我推了回去。在我說出「幹嘛啦」之前，就又聽見許多人的腳步聲。

跟ALS眾成員走同樣路線過來的是統一穿著深藍與白銀色裝備，果然也是十個人左右的男性。走在前面的是「書法社社員」凜德，其右邊是「田徑社社員」席娃達，左邊則是「足球社社員」哈夫納。是另一個攻略公會DKB。三個人的綽號只是我在心中擅自如此加以稱呼，由於我也樂於接受「黑漆漆先生」，所以差不多希望能讓這幾個綽號慢慢在攻略集團悄悄得到普及了。

當我這麼想的期間，凜德他們就快步橫越廣場然後消失在大賭場裡。到這裡已經可以確定，他們的目的也跟牙王一樣是夜間的怪物鬥技場了。

「……那些傢伙到底在白天的怪物鬥技場贏了多少籌碼……？」

原本只是自言自語，但這次亞魯戈回答了我。

「我調查了一下，兩邊好像都贏了一千枚以上喲。」

「妳……」

差點就大叫「妳說一千枚！」，但最後一刻忍了下來。喉嚨咕嘟一聲動了一下後就壓低聲音表示：

「贏這麼多的話已經可以收手了吧……我記得最多枚數的獎品是一千枚籌碼吧？」

「而且也能得到沙灘通行證了。」

亞絲娜有些羨慕般加了這麼一句後，亞魯戈就交互看著我們的臉並且咧嘴露出笑容。

「很遺憾的是，兩位的情報太古老啦。能獲得沙灘通行證的ＶＩＰ待遇，好像得賺到三萬枚籌碼才行喲。」

「……三……三萬……」

亞魯戈把視線從感到啞然的亞絲娜那裡移到我身上，然後投下新的炸彈。

「然後，最多枚數的獎品已經更新嘍。需要的枚數竟然高達十萬枚。」

「……十……十萬……」

我也茫然呢喃著。封測時期，我就是為了贏得千枚籌碼而下場豪賭，結果只得到毀滅。十萬枚是當初的一百倍……一枚賭場籌碼可以換得一百珂爾，所以實際上的金額是一千萬珂爾。

「一千萬也就是十M(Mega)珂爾嗎……第七層真的可以出現以Mega為單位的道具嗎？是說凜牙打算把一千枚籌碼變成十萬枚嗎？」

承受頭昏腦脹的感覺並且如此呢喃之後，亞魯戈就以熟練的動作輕抬起雙手。

「確實有這種打算吧。哎，那些傢伙在白天的鬥技場已經把一百枚變成一千枚嘍。」

「話雖如此，那也不過是十倍吧……千枚要變成十萬枚可是一百倍喔。」

「一百倍是十倍的十倍吧。」

當我們進行著這種沒營養的對話時，沉默了一陣子的亞絲娜就將雙手在臉前面交叉，接著迅速往左右兩邊攤開。

「算了算了！只是要在沙灘玩半天就要三萬枚籌碼，要價三百萬珂爾也太誇張了吧！不對，兩個人是六百萬珂爾，加上亞魯戈小姐的話就要九百萬珂爾喔！有那麼多錢的話，都可以在沙灘沿岸買下一整棟房子了！」

「……正確來說不是海而是湖。」

「那沒有關係吧！總之我決定不下場賭了！馬上到下一個城市去吧！」

亞絲娜如此堅定地說完後就準備走掉，我便急著抓住她蓬鬆的袖子。

「等……等一下。就算不賭博好了，也得完成亞魯戈的委託啊。」

「…………啊。」

亞魯戈也對停下腳步的亞絲娜咧嘴笑著表示：

「妳想知道如何取得『雪樹的花蕾』吧，小亞？」

「…………嗚～」

發出有點長的沉吟後，亞絲娜就重新轉向亞魯戈。

「那要怎麼做才好？」

只回答「到裡面再說明嘍」後，亞魯戈就開始邁開腳步，我跟亞絲娜也只能追上那輕輕搖晃的捲毛。

斜向橫切過貼著馬賽克磁磚的廣場，來到窩魯布達大賭場正面入口。不論是讓人聯想到現實世界超高級飯店的全大理石正面，還是站在兩側的衛兵那精心擦亮的全身鎧，都比封測時期升級了好幾倍。

但是亞魯戈絲毫沒有膽怯的樣子，只是啪噠啪噠踏響著皮革涼鞋往內闖。跟在她身後前進，首先是涼爽的舒適空氣，接著是輕快弦樂與甘甜花香來迎接我們。

巨大水晶燈照耀下的入口大廳甚至明亮到有些炫目的程度，雖然會忍不住在意每天晚上究竟用了多少油與蠟燭，但在虛擬世界裡這只是無謂的擔心。八角形大廳中央設置了跟噴水池廣場同樣的鳥頭女神像，其後方是連結娛樂室的三連巨大門扉，右側牆邊可以看到往上的階梯，左側牆邊則是往下的階梯。往下的階梯可以自由通行，往上的階梯則被穿著紅袍黑服的ＮＰＣ封鎖住。絃樂器的重奏似乎是由上層傳過來。

「……上面有什麼？」

亞魯戈回答了亞絲娜這樣的問題。

「跟封測時一樣的話，二樓是ＶＩＰ專用的高額娛樂室，三樓是高級飯店。四樓我也不知道。桐仔呢？」

「不知道。」

搖了搖頭後，亞絲娜便輕輕聳肩。

「嗯，反正也不賭博，所以跟我們無關……那麼，亞魯戈小姐希望我們幫忙的任務要在哪裡承接呢？」

「別那麼急嘛，小亞。就算不賭博，至少也享受一下氣氛嘛。」

燦笑之後亞魯戈再次快步往前走。繞過女神像來到深處的三連大門。

一通過完全開放的門，高雅的弦樂就離背部越來越遠，充滿熱氣的喧囂擠了過來。

足有學校體育館那麼大的娛樂室，擺設了難以數計的遊戲台，到處都是享受著賭博的客人。整體是呈包圍後方入口大廳般的三合院形，右側是輪盤，左側是骰子賭局，然後最寬敞的正面部分是撲克牌賭局。排列方式與封測時期沒有兩樣。

廣場正中央是把珂爾換成賭場籌碼的兌幣櫃檯、將籌碼換成道具的交換櫃檯，以及兩個可以點飲料與輕食的吧檯圍著巨大柱子呈正方形配置。我呼喚茫然呆立在身邊的暫定搭檔。

「嗳，稍微去看一下獎品吧。還是會在意十萬枚籌碼究竟能換到什麼樣的獎品吧？」

結果亞絲娜眨了幾下眼睛後就以警戒心外露的模樣回答：

「雖然在意，但可別因為想要就說出要下場賭博之類的話啊。」

「不會說啦。好了，我們走吧。」

推著亞絲娜的背部朝圍成正方形的櫃檯前進。亞魯戈也咧嘴笑著跟了過來。

邊走邊將視線移往左右兩邊的娛樂室，正在賭博的幾乎——不對，全部都是ＮＰＣ，看不到任何玩家的綠色浮標。如果這裡是主街區的話，應該會有許多下層玩家夢想一獲千金而經由轉移門衝過來才對，但是從雷庫西歐移動到窩魯布達還是伴隨著一定的危險。首日就能抵達的大概就只有加入攻略集團的公會而已。

思考到這裡之後，才終於發現娛樂室裡看不見ＤＫＢ與ＡＬＳ的身影。也就是說他們從入口大廳直接前往地下一樓了吧。現在時間是晚上八點三十分。現在過去的話絕對趕得上「夜間鬥技場」。

我在口中複誦著「等一下，不行不行」來斬斷誘惑。從右邊繞過正面的兌幣櫃檯，直接經過吧檯前往背面的交換櫃檯。

黑色背心打扮的眾ＮＰＣ女性後方聳立著寬應該有三公尺的大理石柱，該處設置了豪華的陳列櫃。並排著的道具種類應該有封測時期的五倍那麼多吧。

最下層是幾枚籌碼就能交換的藥水等消費道具，其上方是實用性道具類，再上方是五顏六色的飾品類與小型裝備道具，然後最上層是在水晶燈照射下發出炫目亮光的一把長劍。

寬廣的劍身是像鏡子般的銀色，脊線部分崁入黃金。劍鍔也是黃金，握柄纏著紅色皮革，柄頭還有一顆巨大寶石。

「嗚哇，好浮誇的劍……」

我只能同意亞絲娜的呢喃，不過重要的是能力。如果那把劍是值十萬枚籌碼，也就是一千萬珂爾的物品，那我實在難以想像它究竟被賦予多麼強大的攻擊力。

我靠近交換櫃檯兩步，踮起腳尖來凝視著那把劍。要叫出道具的屬性視窗並須以手指擊點，但那把劍展示在比我身高高出兩倍左右的地方，所以完全碰不到。

當我不停抬起又放下腳踝，就從身後傳來亞魯戈感到傻眼的聲音。

「我說桐仔，可以在櫃檯索取交換道具的小冊子喲。」

「那……那妳要先說啊。」

乾咳幾聲來掩飾丟臉的行為，再往前兩步來到交換櫃檯。拜託露出高雅笑容的NPC姊姊「請給我獎品的小冊子！」，姊姊絲毫不在意我休閒的打扮，直接從櫃檯內側取出捲起來的羊皮紙。

「這是您要的小冊子。」

「謝謝。」

道完謝後收下羊皮紙，然後急忙移動到旁邊把它攤開。亞絲娜也從右側窺探著紙張。小冊子是附帶彩色插圖的正式格式。因為這個世界不存在印刷技術，就道理來說這些插畫全都是由畫家親手繪製而成，不過這就是遊戲世界方便的地方了。

雖然插畫底下的獎品名稱全部是英文顯示，但幸好說明文是日文。先不理會藥水、道具以及飾品類，把羊皮紙攤開到最後，金銀寶石劍的插畫終於現身了。

下面所顯示的道具名稱是「Ｓｗｏｒｄ ｏｆ Ｖｏｌｕｐｔａ」。這應該是「窩魯布達之劍」的意思吧。其右側則顯示著「１０００００ＶＣ」。ＶＣ應該是表示大賭場內使用的籌碼的正式名稱「窩魯幣」的記號。雖說不是懷疑亞魯戈所說的話，但實際看見十萬這樣的數字，頭還是感到一陣暈眩。

輕輕搖搖頭後閱讀起重要的說明文。上面寫著——

「擊敗水龍薩利耶加，開拓出窩魯布達的英雄法魯哈利的劍。能夠治癒持劍者傷勢，淨化各種毒素，使出的攻擊一定會變成會心一擊。」

「……唔……唔～～～嗯。」

在我發出沉吟聲的同時，亞絲娜也發出「嗯嗯～～……」的聲音。

「這樣還是無法清楚了解性能。感覺好像很厲害，但不看一下正式的性能表記……」

面對如此呢喃的搭檔，我就指著櫃檯那邊說：

「亞絲娜，我來扛著妳，妳去碰一下那把劍如何？」

「絕對不要。」

雖然遭到冷漠的拒絕，但其實只要一進入櫃檯內側，強壯的黑服男就會衝過來了吧。我收起食指，把視線移回說明文上。

「……光看這些無法得知攻擊力的數值與強化次數，但附加效果如果正如文章所顯示，那麼確實值一千萬珂爾。也就是說，裝備之後ＨＰ會自動回復，傷害毒、麻痺毒都無效，而且攻擊全都會變成會心一擊對吧？」

用自己的話說出口後，才終於感受到「窩魯布達之劍」那不容許在第七層附近存在的破壞平衡的性能，於是我再次抬頭看向在陳列櫃最上層閃閃發亮的長劍。

老實說我不喜歡它極盡奢華之能事的外型，但目前的狀況之下武器的外型根本一點都不重要。只要能提升自己與搭檔的生存率，比它更難看一百倍的劍我也會裝備上去。

雖然在心中如此下定決心，但是說起來不論是物理上還是價格上那都是碰不得的物品。把我現在的財產全部換成籌碼也僅僅只有九百枚，要把它變成十萬枚必須在輪盤連續猜中兩倍的紅黑色賭注七次才行。以機率來說是——

「……亞絲娜小姐，〇．五的七次方是多少？」

「咦？嗯……〇．〇〇七八多吧？」

「謝謝。也就是大約百分之〇．八左右嗎……」

當我這麼呢喃時，細劍使以狐疑的表情凝視著我兩秒鐘左右，然後柳眉整個倒豎。

「啊，剛才那是連續贏七次賭注兩倍時的機率對吧！」

「哦哦，妳竟然知道。」

「當然知道了，應該說根本不可能吧，只有百分之〇．八耶！」

「想……想一下應該沒關係吧。」

「接下去就是『只賭一百珂爾應該沒關係』喔！」

快速的爭論與壓抑的「呵呵」笑聲重疊在一起。

回頭一看之下，「老鼠」兩頰上的鬍鬚彩繪正輕微地震動著。身體不停往左右扭動的她持續笑了五秒以上才終於抬起臉來說：

「哎呀……從旁邊看著兩位真是一點都不會膩。拜託你們繼續組成搭檔吧。」

「嗯……是還沒有解散的打算啦……」

以隱藏害羞的撲克臉如此回答後，亞絲娜又迅速加了一句：

「只要某個人沒有在賭場破產的話。」

趁我還能保持理性時脫離娛樂室，回到入口大廳後，時間已經來到晚上八點四十分。

為了斬斷誘惑，我把還握在右手的小冊子收進道具欄，然後看向亞魯戈。

「……那麼，妳的委託是？」

「啊，對喔對喔。」

「啪嘰」一聲打了個響指的亞魯戈，以急快的速度操作著選單視窗。我和亞絲娜接受傳過來的組隊申請後，視界左上方就出現第三條ＨＰ條。

「這樣任務應該就能共享嘍。這邊喲。」

說完就開始邁開腳步，她前進的方向是通往地下一樓的階梯。雖然想著「那邊不妙吧……」，但也只能跟著委託人走。

鋪設深紅地毯的階梯沿著八角形內壁繞了四分之三圈後，帶領我們來到地下一樓的大廳。

這座大廳的中央也放置了石像，但這尊石像並非鳥頭女神，而是有著獅子頭且滿身肌肉的戰士，腳下還踩著蜥蜴頭的戰士。石像後面跟一樓一樣是三連門扉，但內部呈微暗狀態。

——結果還是到這裡來了。

在腦袋裡呢喃著這樣的台詞，同時跟在亞魯戈身後鑽過「戰鬥競技場」，也就是怪物鬥技場的大門。

稍微能聽見的弦樂，被帶著興奮的吵雜聲掩蓋過去。長度勝於寬度的廣場充滿與上層娛樂室性質完全不同的熱氣，整體是往下挖出磨缽狀的構造，最深處可以看見用金色欄杆圍起來的舞台。

廣場左右兩邊的餐酒吧排了許多站著用餐使用的桌子，其中一個角落還設置了賣票的櫃檯。舞台周邊與兩個餐酒吧裡總共有五十名以上的客人，但是因為昏暗而看不見臉龐。無奈之餘只能把視線對準一個個輪廓來依序確認顏色浮標——

「……啊，有了，是ALS。」

我低聲這麼說道的同時，走在身邊的亞絲娜也呢喃著：

「發現DKB了。」

互相以視線告知目標的位置。ALS是廣場右側，DKB則占據了廣場左側的餐酒吧，雙方都低頭看著攤在桌上的一張大紙並且熱烈地討論著。

「……不知道在看什麼喔？」

「那是賠率表吧。記載了接下來在舞台上戰鬥的怪物名稱與簡單的解說，還有賭金的賠率。到購票櫃檯就能免費獲得喲。」

「不需要。」

我以傾斜的角度避開亞絲娜帶刺的視線。

「說……說得對。的確是這樣……喂，亞魯戈，任務NPC到底是在哪裡啊？到處都看不到任務符號啊。」

由於我們組成小隊，所以亞魯戈已經承接的任務，該當NPC的頭上應該會顯示任務進行中的「！」符號。但是環視鬥技場還是無法發現任何符號。

「那是當然嘍，因為任務NPC是在其他地方呀。」

由於回過頭來的亞魯戈如此表示，我忍不住就發出「啥？」的聲音。

「那來這裡做什麼？」

「那還用說嗎，『跑腿』喲。」

「…………」

SAO的任務原則上可以分成四個種類。主要是到圈外收集素材系道具的收集類、打倒特定怪物的討伐類、把NPC護送到某個地方的護衛類，以及內容千變萬化的跑腿類。跑腿類任務最常見的就如同其名稱是收送某種東西，但如果是那種類型的話，鬥技場裡應該會有某個收取或者送出東西的ＮＰＣ才對。現在看不到人就表示——

「……搜索或者調查？」

聽見我的問題，亞魯戈邊走邊回答了一句「答對了」。我則是忍不住輕聲呢喃了一句「嗚咿……」

搜索任務或是調查任務，在跑腿類裡是最為麻煩的類別。現在回想起來，讓我們在第六層東奔西跑的「史塔基翁的詛咒」任務，也是從找到黃金方塊的搜索委託開始，就算有各種非正常情況的介入，最後還是一路持續到討伐樓層魔王。希望不要再是像那樣的大長篇任務——我帶著這樣的祈望繼續問道：

「要在這個樓層尋找失物嗎？」

「不是喲。」

「那麼是找人？」

「不是喲。」

亞魯戈不停地否定，同時走下貫穿磨缽樓層的階梯。最後抵達最後一階，隨即插身進入圍在舞台，通稱「戰鬥籠」周圍的ＮＰＣ群，然後占據正面的位置。

上流階級的ＮＰＣ不是坐在設置於上層的付費沙發席，就是在左右兩側的餐酒吧觀戰，戰鬥籠周圍只有看起來絕非善類的男人。雖然可以聽見「搞什麼啊」「別插隊」等聲音，但亞魯戈絲毫不在意，只是靠在黃金欄杆上看著我跟亞絲娜。

「距離第一場比賽還有十分鐘。那麼，就說明一下想要你們幫忙的事情吧。」

用手輕輕招呼我們過去後，就把左耳靠近亞魯戈的臉。亞絲娜則是把右耳靠過去，所以我們一定得在至近距離面面相覷，但事到如今也不能改變姿勢了。幸好亞絲娜似乎不介意，我也擺出撲克臉來聽著亞魯戈的說明。

「接下來有兩隻怪物會在這個籠子裡戰鬥。」

「嗯。」

「根據我的委託人所說，其中一隻似乎用了某種作弊的手段。」

「啥？」

忍不住發出較大聲音的瞬間，亞絲娜與亞魯戈就迅速用食指對準我的嘴巴。我把腦內的音量旋鈕往左轉後又繼續表示：

「妳說作弊……但戰鬥的是怪物而不是人類喔。難道怪物具備能夠作弊的智力嗎……？」

「不是有狗頭人或者老鼠人之類的嗎？」

我對亞絲娜的意見輕輕聳了聳肩。

「如果封測時期的規則沒有改變，那麼這個鬥技場是不會出現亞人系的怪物。我想是因為低級趣味感太強烈了……」

「白天的對戰沒有出現喲。」

輕輕點頭的亞魯戈不知道是何時準備的，她從短褲的口袋裡拿出疊好的羊皮紙。打開之後是購票櫃檯發布的賠率表。

「看，這裡記載第一場比賽的組合。」

我和亞絲娜頭靠著頭窺看著接過來的羊皮紙。亞魯戈所指的地方以片假名寫成的名字是「Bouncy slater」與「Rusty lycaon」。賠率前者是一・六四，後者二・三九。

「……咦？像這種下注的倍率，不是由賭客下注哪一邊多少賭金來決定的嗎？」

亞絲娜很疑惑般這麼呢喃。確實正如她所說，但這張賠率表其實施加了某個不可思議的機關。

「妳看看數字。」

當我如此呢喃回答她的瞬間，羊皮紙上記載的漆黑數字就像生物般動了起來，前者的賠率變成一・六二，後者則是二・四〇。

「哇，變動了。」

「……就是這樣。基滋梅爾看見的話又會說是『人族的奇怪咒文』了吧。」

我一提出黑暗精靈騎士名字的瞬間，亞絲娜就像很擔心般伏下睫毛。但立刻恢復原本的表情，點頭表示：

「原來如此，會自動顯示目前賠率的機關嗎？也就是說……第一場比賽，預測這邊的『Bouncy slater』會獲勝的客人比較多嘍？」

「也不一定是這樣。賠率怎麼說都是由下注的金額來決定，少數的客人下大注的話，那邊的賠率就會下降。」

「這樣啊……是說，Lycaon是像狗那樣的怪物吧，那Bouncy slater又是什麼樣的怪物？」

這時亞魯戈比我還要快回答這個問題。

「Bouncy是『很有彈性』，Slater是『球鼠婦』喲。」

「球鼠婦……」

我代替明顯面露厭惡表情的亞絲娜詢問：

「亞魯戈的委託人懷疑的是球鼠婦還是野犬？」

「野犬。」

「……也就是說，委託是要識破作弊的機關嗎？」

「答對嘍。」

情報販子點頭之後，後方就傳來「咚鏘！」的銅鑼聲響。接著是很有氣勢的廣播。

「Ladies and gentlemen——！歡迎來到窩魯布達大賭場引以為傲的戰鬥競技場——！」

回過頭後，發現在有籠子的樓層往上一階處設置了小隔間，裡頭一名做白襯衫加鮮紅蝴蝶結領結打扮的ＮＰＣ正被聚光燈照著。當然不是電燈，而是由反射鏡與大型燈籠組成的原始成品，可能是某種咒文發生效用，又或者是虛擬世界的某種謊言，總之就是十分明亮。

場內的拍手告一段落後，ＮＰＣ就以明明沒有麥克風卻能傳遍競技場每一個角落的聲音繼續導覽。

「夜間的第一場比賽馬上就要開始！購票將在五分鐘後截止，請各位踴躍參加！」

聽見他這麼說後，幾名客人——應該說是ＮＰＣ——就跑向購票櫃檯。占據餐酒吧的ＡＬＳ與ＤＫＢ早已下好注所以沒有動作。

「……那些傢伙把白天贏來的一千枚籌碼全都押下去了嗎……」

半信半疑地如此呢喃後，亞魯戈就輕輕聳肩。

「應該押下去了吧？今天晚上想把一千枚變成十萬枚的話，晚上的五場比賽都必須持續賭上全額喲。」

「呃……」

我看向依然拿在手上的賠率表。第一場比賽的賠率稍微異動，變成一．六一比二．四一。第二、第三、第四、第五場比賽最多也是兩到三倍，但就算是這樣，連續贏五次的話千枚就確實可能變成十萬枚。

但是這樣的想法正是陷阱。我在封測時期也正是在這個地方連續贏了四場，只要再贏一次就能入手最高級的獎品……

以嘆息吹跑悲傷的記憶，然後咧嘴笑著對亞魯戈說：

「早知道有作弊的情報，我們也賭野犬就好了。」

「喂，別這樣。在任務進行中去買怪鬥的票會造成任務失敗喲。」

不停左右搖頭後，情報販子就以嚴肅的表情看著我跟亞絲娜。

「這個任務應該是一旦失敗就無法重來的類型。但光靠我一個人實在沒有識破作弊方法的自信。桐仔、小亞，拜託你們啦。」

「嗯，交給我吧！」

亞絲娜很乾脆地做出保證後，我也回應：「交……交給我吧。」

下一刻，再次傳出銅鑼聲，大廳變得更暗了。

以人力操作的聚光燈照耀著黃金籠子，會場當中包含我們在內的所有人都默默凝視著籠子。

長方形籠子短邊是四公尺，長邊有十公尺，屬於相當大型的尺寸，其中有三面是欄杆，深處的牆壁與地板是石頭。天花板也全部用金屬板封住，中央則以可動式柵欄分隔開來。封測時期是戰鬥的怪物從右端與左端湧出這樣的構造，記得當時有種「似乎有點偷懶……」的感覺，看來正式營運之後這個地方也做出修改了。

在「轟轟轟……」的沉重聲響當中，石牆的兩個地方先往後退，然後朝上方抬起。同一時間，蝴蝶結領結NPC的播音響起。

「那麼！夜間的戰鬥競技場，第一場比賽即將開始！首先登場的是……穿戴鋼鐵鎧甲的殺人蟲！超彈力球鼠婦——！」

從左側落下的閘門爬出來的，是正如亞魯哥說明的球鼠婦——但是全長有八十公分左右，看起來極為堅硬的殼帶著藍黑色金屬光澤。封測時期曾與牠戰鬥過許多次，是任憑力量以斬擊武器砍中牠身上硬殼的話，武器耐久度將會一口氣減少的棘手敵人。

「對手是……連鐵都能咬碎的紅色死神！赭色野犬——！」

右側閘門深處傳出「吼嚕嚕嚕……」的低吼。從暗影中走出來的是紅褐色毛皮上有黑色斑點的犬型怪物。野犬系的體型比狼系更加矮壯而且鼻子也比較短，但卻更有耐力而且牙齒的威力也不容小覷。不算尾巴的尺寸也比球鼠婦大上一倍。

雙方頭上出現顏色浮標。或許是為了不讓人從顏色的濃淡判斷強度吧，顏色不是通常的紅色而是跟NPC同樣為黃色。

我把原本想移回球鼠婦那邊的視線固定在野犬身上。根據給亞魯戈任務的委託人所說，這隻赭色野犬似乎有某種作弊的機關。

球鼠婦與野犬都是第七層後半會出現的怪物，但封測時期讓我感到棘手的說起來是球鼠婦。野犬雖然也絕對不是容易對付的敵人，但危險的是牠們一定會兩三隻一起出現，我記得只要一隻一隻引開就能有效率地把牠們解決掉。實況ＮＰＣ雖然說「連鐵都能咬碎」，但那有點太誇大了。

實際上，賠率也是野犬比較高，因此可以知道會場內的客人下注在球鼠婦的金額比較大。接下來要是野犬爆出冷門，以作弊手段確實獲得勝利的話，理論上就可以賺一筆了。問題是要用什麼樣的手段才能在眾目睽睽的怪物鬥技場讓野犬獲得勝利呢——

「……外表看起來沒什麼讓人特別在意的地方……原本以為會不會是裝了鐵假牙或者鐵爪……」

「那樣一眼就會被識破了吧。」

直接否定我的評論後，亞絲娜接著又呢喃：

「我是想會不會讓怪物喝下興奮劑之類的東西，但說起來我是第一次見到那隻怪物，所以無法判斷。桐人你看得出來嗎？」

「嗯……也沒有異常興奮的感覺啊。何況要是用了那種藥的話，ＨＰ條會出現圖示吧？不清楚是支援效果還是異常狀態就是了。」

「啊，對喔。」

亞絲娜剛點完頭，就傳出蝴蝶結領結男高揚的聲音。

「是鋼鐵殺人蟲壓扁敵人！還是紅色死神咬碎對手呢！第一場比賽……開始——！」

銅鑼發出「咚鏘！」一聲，籠子中央的柵欄往地板下沉。球鼠婦細長的複眼，野犬的紅色雙眸同時發出亮光。

「拜託啦，兩位。」

亞魯戈的呢喃聲、怪物們的吼叫以及觀眾的歡呼聲重疊在一起。

「沙啊啊啊！」，球鼠婦大叫。

野犬發出「嘎嚕嗚嗚嗚」的低吼，雙方同時突進——不過球鼠婦是打開巨大下顎，七對蟲足蠕動著往前筆直前進，相對地野犬則是在第三步就往右跳來試圖繞到敵人身後。

球鼠婦也轉換方向，但動作稍微慢了一點。來到對手斜後方的野犬，毫不猶豫地飛撲過去咬住一隻步足。

「咕嚕！」

四肢往下一沉，猛烈地甩動脖子後，步足從根部被撕裂，接著鮮紅色傷害特效代替血液飛濺出來。

「咻嗚嗚！」

球鼠婦發出分不清是怒吼還是悲鳴的聲音，ＨＰ減少了七％左右。會場內捲動著歡喜與悲嘆的叫聲。

到了這個時候，我才浮現「話說回來，凜德和牙王下注哪邊獲勝」的想法。雖然看那群傢伙的反應應該就能知道，但現在沒辦法把視線從籠子內移開。

首擊是由野犬取得，但這實在不像是作弊的效果。因為敏捷度是野犬占壓倒性的優勢，所以就算球鼠婦愚頑地追上去也只會被繞到身後。

野犬再次攻擊，把第二隻步足撕裂。傷害擴大成十五％，實況席的ＮＰＣ大喊：

「紅色死神的連續攻擊——！蟲子終究只是蟲子嗎——！」

像是能夠理解這段話般，再次拉開距離的野犬發出低吼。

「咕嚕嗚嗚……」

牠的嘴邊，被咬下來的步足變成藍色多邊形後粉碎了。

目前還剩下十二隻步足。假如失去所有的步足球鼠婦就無法走路——不對，在那之前ＨＰ就會歸零了。不斷重複同樣的發展就可能出現這樣的情形，但球鼠婦如果只是慢吞吞地左右移動的怪物，那我在封測時期對上牠時就不會那麼辛苦了。

「咻嗚……」

同樣發出低吼的球鼠婦，突然間將身體捲成一顆球。

頭部、觸角以及剩下的步足全都包裹在烏亮甲殼當中再也看不見了。野犬小心翼翼地瞪著變成直徑四十公分左右漆黑球體的敵人。寂靜持續了四五秒鐘，當某個焦急的客人大叫「快進攻啊，狗仔！」的瞬間。

動的不是野犬而是球鼠婦。但並非從球體狀態恢復成原本的模樣，依然捲成球狀的身體像被壓扁的橡皮球一樣，接著「磅！」一聲發出爆炸般的聲音後飛上空中。

以驚人速度發射出自己的球鼠婦，首先猛烈撞上天花板，爆出火花之後彈了回來。然後直接像立體打磚塊遊戲一樣依照欄杆、地板再次欄杆這樣的反彈順序後猛烈撞上野犬的側腹部。

「嘎嗚嗯！」

野犬發出明確的悲鳴並且被轟飛。撞上欄杆後掉了下來，雖然立刻起身，但是HP條因為剛才的一擊減少了將近三成。

這個高速反彈正是球鼠婦唯一且最大的攻擊，也是牠的專有名稱為「超彈力球鼠婦」的原因。如果戰場是極為平坦的平地，那就只要躲開直線的突進即可，但是在森林裡的話就會在樹木間反彈變成面攻擊，在迷宮內部的話將成為連地板和天花板都會反彈的立體攻擊。在抓到迴避的訣竅之前，我也被從橫向、上方以及後方撞飛過許多次。

「出現了——！球鼠婦的必殺技——！死神野犬面對這一招也束手無策嗎——！」

怒濤般的歡呼聲掩蓋過蝴蝶結領結的實況轉播。

球鼠婦的身體再次變得扁平。野犬也壓低上身準備迴避。

「磅！」一聲跳起的球鼠婦，這次換成從後方的石壁反彈，從側面襲擊野犬。野犬大大地跳躍起來躲開這記初擊。但是從欄杆反彈到地板上的球鼠婦還是捕捉到身體仍在空中的野犬。

整個被轟飛後撞上天花板才墜落的野犬，ＨＰ因為剩下不到四成而變成黃色。

「……喂喂，真的有作弊嗎……」

我忍不住這麼呢喃，不過亞魯戈與亞絲娜都無法回答。應該跟我一樣沒找到任何線索吧。

雖然從會場傳出幫搖搖晃晃站起來的野犬加油的聲音。但人數不是太多。果然大部分賭客都下注在球鼠婦身上。

再被反彈攻擊轟中一次的話，野犬的ＨＰ應該就會歸零了吧。然後在這個狹窄的籠子裡，似乎沒有辦法毫髮無傷地避開能在上下左右高速反彈的三次元攻擊。

球鼠婦再次壓扁身體。

黑色球體隨著爆裂聲往斜上方發射。發出「噹噹噹噹！」的聲音在天花板與地板交互反彈，並且朝滿身瘡痍的野犬逼近。

這下分出勝負了嗎……就在我如此預測的時候。

「嘎嚕哦哦哦哦！」

野犬發出特別凶猛的吼叫，接著朝球鼠婦跳過去。單純的身體撞擊，不可能打破連劍刃都能夠損毀的堅硬外殼。這次被轟飛就結束了——

突然間，野犬的身軀以正中線為軸心開始猛烈地旋轉。保持下顎打開到極限的狀態，以超越物理法則的速度旋轉。變成紅色鑽頭突進的野犬跟化身為砲彈的球鼠婦在空中猛烈撞擊。

刺穿耳朵般的金屬質巨大衝擊聲響起，接觸點飛濺出大量火花。兩者雖然在空中互相抵抗了一陣子，但最後其中一方的ＨＰ開始急遽減少。由於緊貼在一起，所以無法立刻判斷出是哪一邊的ＨＰ被削減了。

我明明沒有下注，卻經過了無法呼吸的幾秒鐘——隨著「喀鏘！」的破碎聲飛濺出大量藍色碎片。貫穿這些碎片後在籠子邊緣著地的是紅色毛皮的野犬。

銅鑼的一陣亂打破壞了幾秒鐘的寂靜。湧起大量的怒罵聲與歡呼聲，寬闊的會場不停地震動著。

「天啊————！大……大……大逆轉————！獲勝的是紅色死神，赭色野犬啊啊啊啊啊——！」

在蝴蝶結領結男的大叫聲當中，好不容易才聽見亞魯戈的呢喃聲。

「喂喂，赭色野犬有那種特殊攻擊嗎……？」

「封測的時候一次都沒有見過……」

如此回答完後又加了一句：

「但是正式營運之後也有不少怪物追加了攻擊模式，那傢伙有可能也是其中之一。」

「如果是這樣，能在這裡先看見真是太好了。那種大技，就連黑漆漆先生應該也很難第一次看見就完美地加以對應吧。」

雖然心想「說什麼蠢話」，但其實真的是這樣。犬系怪物使出高速旋轉攻擊完全是超乎想像，就算想盡辦法抵擋下來，劍也可能因為那樣的威力而折斷。

賭客們應該也沒想到會有這樣的發展吧。站著觀看的那些凶神惡煞般NPC全都咒罵著，從後方的座位席則能聽見沮喪的聲音。

銅鑼再度響起，只有籠子右側的閘門打開。獲勝的野犬稍微拖著腳步消失在黑暗之中，蝴蝶結領結男的聲音高聲響起。

「第一場比賽就此結束！各位，請給漂亮贏得勝利的赭色野犬最熱烈的掌聲！」

聽見他的話後觀眾就開始拍手，但應該賭輸的人比較多吧，其實感覺不太到熱情。但是蝴蝶結領結男似乎並不在意，他氣勢十足地繼續廣播著：

「謝謝大家！第二場比賽將在十分鐘後，也就是九點二十分開始舉行！目前仍可以買票下注，不論是想趁勝追擊或者想扳回一城的客人都請務必參加——！」

照耀實況席的聚光燈消失，場內變得稍微明亮一些。放鬆的空氣當中，客人開始朝出口或者左右兩邊餐酒吧的方向移動。

話說回來，我那些下大注的伙伴們不知道怎麼樣了……這麼想的我，凝眼看向DKB所占領的桌子。結果就看到凜德與席娃達、哈夫納等人高高舉起細長玻璃杯的模樣。看來他們下注賠率二·四一倍的赭色野犬，漂亮地贏得了勝利。

接著反轉身體，看往ALS所在的餐酒吧。下一個瞬間，我的口中就發出「不會吧……」的呢喃。牙王他們也露出滿面笑容，正不停地碰撞著啤酒杯呢。看起來也不像是因為輸錢而在洩憤。

我把身體轉回來後，也把這件事告訴仍然看著籠子的兩個人。

「凜牙好像都贏了喔。」

「嗚咿，不會吧。」

轉過頭來的亞魯戈發表跟我同樣的感想。

「原本以為應該有一邊會輸光。這下兩邊都有兩千四百枚籌碼了嗎……喂，怎麼辦哪，他們可能真的能賺到十萬枚金幣，然後兌換那把金碧輝煌的大劍喲？如果那個有兩把的話啦。」

「跟……跟我無關喔。如果這樣攻略速度能夠加快那就太棒了。」

雖然做出這種優等生的回答，但不能否認還真有一點點……大概小湯匙一半左右的羨慕啦。果然我除了是死亡遊戲SAO的囚犯之外，同時也是完完全全的網路遊戲玩家。

在其他玩家等級上、裝備上都逐漸追上來的現在，我也能夠清楚地理解建築起攻略集團基礎的「騎士」迪亞貝爾，為何要委託亞魯戈做仲介打算買下我過去的愛劍韌煉之劍，以及為什麼要為了獲得第一層樓層魔王的最後一擊獎勵而強行做出魯莽的突擊。不對，這只是我的傲慢嗎？因為迪亞貝爾是真的想解救被囚禁在艾恩葛朗特裡的眾人，而我終究還是只對自己的強度有興趣。

當我做著不符合個性的自省時，依然默默凝視著籠子的亞絲娜就回過頭來說道：

「剛才野犬的特殊攻擊並非作弊對吧？」

看來不是用平常那種超能力察覺到我的負面思考，於是我便急忙點頭。

「嗯……嗯。那是作弊的話，球鼠婦的反彈攻擊也同樣是作弊了。」

「說得也是……——亞魯戈小姐，真的很抱歉，很遺憾的我無法看出那隻野犬究竟用了什麼樣的作弊手段。」

聽見她這麼說的亞魯戈迅速搖了搖頭。

「不不不，小亞不用道歉喲。我自己也完全看不出來……桐仔有注意到什麼事嗎？」

由於話頭來到我身上，我就模仿亞魯戈的動作輕輕抬起雙手。

「我也沒頭緒。野犬被球鼠婦的反射攻擊整個轟中猛烈撞上欄杆時，我甚至還覺得這下子死定了……任務記錄更新了嗎？」

「這個嘛……」

彎曲身體打開視窗的亞魯戈再次搖搖頭。

「沒有，沒產生變化喲。依然是『在晚間的戰鬥競技場第一場比賽裡，識破加諸於野犬身上的作弊行為』。」

「沒有提示啊。不過也沒有變成任務失敗嗎……」

我一邊呢喃一邊隨便往野犬撞到的地方看去。雖說當然不可能毫髮無傷，但如此強大的衝擊卻連直向鐵棒都沒有任何扭曲。應該跟建築物本身一樣都是無法破壞的物件吧。否則的話，就可能發生上級怪物發飆破壞了籠子並且闖入觀眾席的可能性。

假如發生這樣的事態，這裡是禁止犯罪指令圈內，所以玩家的HP應該不會減少，但NPC的客人們又如何呢？更重要的是，他們是如何把對戰用的怪物帶進圈內的……

正當我帶著停不下來的思緒，茫然望著黃金籠子的時候。

「…………嗯？」

突然注意到某件事後，我就皺起眉頭。

擦得閃閃發亮的幾根金屬棒上，出現了些許紅色斑點。而那裡正是野犬猛烈撞擊的地方。

嗯，以那麼猛烈的速度撞上去的話當然會流血了……一瞬間雖然這麼想，但SAO原本就不存在流血表現，至今為止也不記得戰鬥後曾經看過血跡這種東西。第六層的「史塔基翁的詛咒」任務裡，聽說前任領主派伊薩古魯斯被徒弟賽龍用黃金方塊打死後，方塊上就沾染了血手印，但那是因為劇情就是如此——

「……啊。」

再次發出細微的聲音後，我就低頭看向自己的身體。解除防具，身穿黑上衣黑長褲並且攜帶一把短劍，口袋裡也沒有任何東西。

「兩位，有沒有丟掉也沒關係的手帕？最好是白色的。」

這時亞絲娜與亞魯戈正看著轉換成小隊成員可視模式的任務記錄，聽見我這麼問之後，兩個人就同時回過頭來。亞魯戈只是浮現真拿你沒辦法的表情，亞絲娜則像是很傻眼般表示：

「桐人，至少也帶條手帕好嗎？」

「平……平常都是放在腰包裡面……但因為不是白色。」

「這條可以嗎？」

從迷你洋裝的大前口袋取出來的是一條真正純白的手帕。

「可能沒辦法還妳了，沒關係嗎？」

「沒關係啦，反正裁縫技能要多少就能做多少。」

沒有把答案聽到最後，迅速把手帕抓過來後就往左前進了兩公尺左右。環視一下周圍，確認凜德和牙王他們以及ＮＰＣ客人都沒有注意這邊後，就以右手拿著的手帕用力擦著沾在欄杆上面的紅色斑點。

確實把它擦下來後才離開籠子，攤開手帕加以凝視。以乾掉的血跡來說，感覺……紅色有點太鮮豔了，但這裡是虛擬世界，所以一切都很難說。

「桐仔，那是野犬的血嗎？」

「只是要擦欄杆的話，破布就可以了吧。」

沒有對女性感到噁心的評論感到喪氣，我把染成紅色的部分靠近鼻子並且聞著氣味。沒有血液特有的金屬氣味。相對地，可以感覺到極其細微的花一般甘甜香味。這應該不是野犬的血特有的氣味，恐怕是──

「這不是血喔。」

小聲這麼說完後，亞絲娜與亞魯戈都露出感到疑惑的表情。

「不是血那是什麼？」

「大概是染料之類的東西……」

「染料？那種東西為什麼會……」

聲音在這裡就中斷，接著視線往左移。看的不是我的背後，而是顯示在視界的訊息。

「……任務記錄更新了。」

「咦，寫了些什麼？」

亞魯戈再次對探出身子的亞絲娜打開視窗。我也迅速繞到後面，越過亞絲娜的肩膀窺看著視窗。

更新的記錄是「發現加諸於野犬身上的作弊手段。去向委託人報告吧」。由於似乎察覺作弊方法的亞魯戈咧嘴笑著對我伸出右拳，我便輕輕用拳頭跟她互碰了一下，亞絲娜則像是仍未想通般歪著脖子。

「染料是作弊的證據嗎？為什麼…………啊！」

看來亞絲娜在我告訴她之前就自己找到真相了。但是在這裡說出來要是被什麼人聽見就麻煩了。以食指做出「噓」的動作後，我就對亞魯戈呢喃：

「委託人在附近嗎？」

「在三樓的飯店喲。」

「咦，ＶＩＰ專用的？妳有通行證嗎？」

「委託人給我一日通行證了。放心吧，同伴也能進去……我想啦。」

語尾雖然讓人有點不安，但事到如今也無法反悔了。雖然對無法觀賞第二場比賽感到遺憾，不過反正也沒有下注。

「好，我們走吧。」

「是可以啦，不過桐仔，你要有禮貌一點喲。」

只對我這麼說道，接著亞魯戈就輕輕轉過身子。朝她背後追去的我側眼看了一下身邊，就發現亞絲娜正用力繃住臉頰讓自己不笑出來。

6

為了不讓ALS與DKB注意到，縮起脖子來混在人群中脫離後，我們才一起鬆了一口氣。說不定早就被發現了，不過那些傢伙現在也沒空理我們吧。只是確認了一下第二場比賽的賠率，目前是二．〇七對二．七五倍。凜德他們又下注賠率高的怪物然後又獲勝的話，籌碼將多達六千六百枚。

說起來那些傢伙為什麼會做出決定下注賭賠率高＝勝率低的野犬獲勝呢？單純只是想以小博大，還是獲得什麼小道消息了……？

這麼想著的我，加快爬上通往一樓大廳的樓梯來追上亞魯戈，然後小聲對她問道：

「嗳，凜德他們兩個人有沒有可能跟妳承接了同樣的任務？」

「啥？……噢，因為那些傢伙賭了赭色野犬嗎？」

立刻理解我想法的情報販子，一瞬間歪了一下脖子後才說：

「嗯……或許不是完全沒有這種可能性，但我想應該不是。這個任務是封測時沒有的，開始點非常難找到……我不認為ALS與DKB雙方一來到窩魯布達就立刻能發現。」

隔了一拍之後，她立刻又接著說：

「說起來呢，從任務得到的作弊情報也只有剛才那場比賽而已，這無法成為凜德他們連白天的比賽都連勝的理由吧？」

「啊……嗯，對喔……」

雖然可以同意亞魯戈的說明，但是ＡＬＳ與ＤＫＢ大賺一筆的理由到最後都仍是一團謎。登場的怪物幾乎都是首次見到的種類，所以也不可能是靠知識與經驗獲勝。難道純粹是因為凜德與牙王的真實幸運質很高嗎？他們真靠那樣連贏十場並且因此入手「窩魯布達之劍」的話，我也必須重新審視自己的遊戲方式了。

我深呼吸來重置再次迷途朝著負面方向前進的思緒。看來我自從來到這個城市之後就有點情緒不穩。或許是封測時期烙印在身體上的賭博灼熱感尚未完全消失，但現在的我已經不是不必負責任的獨行玩家了。在第一層對亞絲娜提出「要不要組隊」邀約的是我，所以在她進入下一個階段前，我必須持續負起身為搭檔的責任才行。

邊這麼想邊往右邊瞄了一眼，就看見細劍使本人也以陷入沉思的表情低頭看著腳邊的紅色地毯。很遺憾地，憑我的三腳貓對人溝通技能，根本無法推測出亞絲娜在想些什麼。雖然覺得直接問的話她應該會告訴我，但是對國二男生來說，連這樣的提問都感覺相當沉重。

我就在這樣的胡思亂想之中爬完樓梯，來到了一樓大廳。繞過正中央的女神像來到另一側後，就看到通往二樓的階梯被黑服ＮＰＣ與紅色繩子封鎖住了。

亞魯戈腳下涼鞋踩出啪噠啪噠的聲音，朝著戰鬥起來恐怕跟衛兵ＮＰＣ一樣強的健壯黑服男靠近，然後往對方舉起不知道什麼時候實體化的灰色金屬牌。

「我跟兩名同伴可以進去嗎？」

結果黑服男默默把繩子的一邊從桿子上拿下來，然後心不在焉地行了個禮。亞魯戈泰然從他面前經過之後，我和亞絲娜也跟了上去。

聽著背後傳來繩子再次被掛上的聲音並且爬上樓梯來到二樓。亞魯戈看都不看ＶＩＰ專用的高價娛樂室，直接穿越鋪著紅色地毯的大廳繼續往上爬。

三樓大廳也跟下面一樣是八角形，但是照明相當暗，地毯是像要把人吸進去般的黑色。雖然應該還有四樓，卻看不到往上的階梯，大廳中央擺了一座頭部是魚的僧侶般石像。

「……為什麼是魚？」

我邊往上看著石像邊這麼呢喃，結果亞絲娜也歪著頭說：

「曾經聽說過天主教的主教所戴的帽子是魚頭的形狀……跟這個好像沒關係喔。」

「而且臉也有點恐怖。」

「和第四層出現的魚人好像又不太一樣。」

當我們進行這樣的對話時，亞魯戈就走向深處的厚重櫃檯，再次對女性ＮＰＣ展示金屬牌。然後立刻轉身對我們招手。

快步靠近之後，亞魯戈就踩著啪達啪噠的腳步走在延伸到建築物深處的走廊上。應該還在二樓演奏著的弦樂，這時已經完全聽不見。在靜到連針掉落都能聽得出來的陰暗走廊前進了一陣子，到了盡頭後向左轉，往前一些後向右轉，又走了一陣子才停在一扇門前面。

「十七號房……是這裡嘍。」

像要確認般這麼呢喃之後，亞魯戈就靜靜地高聲敲了兩次烏亮的門。

幾秒鐘後，裡面傳出細微的聲音。

「是誰？」

「亞魯戈喲。還有同伴……不對，是兩名助手。」

又隔了一會兒，就傳出喀嘰的高雅開鎖聲。緩緩打開的門，其內側甚至比走廊還要陰暗。

這樣是不是該恢復武裝呢，至少也要把劍裝備上去比較好吧……一瞬間雖然這麼想，但亞魯戈沒有提高警覺的模樣就直接入內，沒辦法的我只能追上去。由於左腰上還是掛著短劍，緊要關頭還是可以靠它來爭取讓亞絲娜裝備全部武裝的時間才對。

進入室內後，該處是足以瞬間讓Amber moon Inn白金套房相形失色的豪華房間。雖然光源只有微弱的油燈，但藍白色月光豪邁地從面向南方的大窗戶照射下來。窗戶前面是足以讓五個人並排輕鬆坐下的沙發。不過只有一個人坐在那裡。

雖說只能看見輪廓，但看得出相當嬌小。把視線焦點對準該處後就出現NPC的黃色浮標。HP條下面顯示的名字是「Nirrnir」，不過我對這些字的發音沒有自信。頭上浮著顯示任務進行中的「？」立體符號。

妮魯魯妮……妮妮爾……妮雅娜伊亞……？當腦袋裡浮現各種唸法時，突然左手邊近處就傳出女性的聲音。

「請把腰間的物品交給我保管。」

「嗚咿！」

反射性飛退的瞬間，就撞上站在右邊的亞絲娜。

「喂！小心點好嗎？」

對著嘴裡抱怨卻撐住我背部的搭檔呢喃了一句「抱歉」後，我再次注視左邊的陰暗處。

悄悄站在門旁邊的是身穿黑色禮服與白色圍裙的女僕……才剛這麼想，就發現她胸口裝備烏亮胸甲，裙子也以縫成線狀的箭頭型金屬板加以補強。手套與靴子都加了裝甲，左腰配戴著細劍——不對，這是沒有劍刃的突刺特化劍，穿甲刺劍。

戰鬥女僕可以說是日本製動畫或遊戲的常見屬性了，但是感覺在艾恩葛朗特還是第一次看見。顏色浮標跟沙發上的人影一樣是黃色，名字是「Kio」——這應該只能唸做琪歐吧。

當我茫然望著女僕，她整齊旁分的瀏海底下那雙危險的鳳眼就狠狠瞪著我，並且重複了一遍。

「交出腰間的劍。」

「啊……好……好的。」

雖然失去武器令人不安，但我還是有體術技能，我對自己這麼說並且把左腰的短劍連同劍鞘一起解下來。女僕迅速把我遞出去的劍抓過去，接著拔出一半來檢查劍身。

「……普通的鋼嗎？」

我立刻想回答「不是奧利哈鋼真是抱歉喔」，但對方絕對聽不懂所以就忍了下來。女僕把短劍掛在附近的掛鉤上，退一步後開口表示：

「千萬不可對妮露妮爾小姐失禮。」

看來Ｎｉｒｒｎｉｒ是唸做妮露妮爾。還是別把「真有趣的名字」這樣的感想說出口比較好吧。

名為琪歐的戰鬥女僕才剛做出許可，站在眼前的亞魯戈就往房間深處走去。我跟亞絲娜也跟在後面。

走過毛特別長的地毯靠近大型沙發之後，終於可以看見妮露妮爾小姐的模樣。她吊兒郎噹地靠在疊了好幾層的坐墊上——也難怪會那麼嬌小，因為她的模樣看起來就是十二歲左右的少女。

穿著不知道是薄紗還是玻璃紗，總之就是有透明感的布料層層疊在一起的黑色夏季洋裝。外露的手腳實在太過雪白，波浪狀金髮也太過豪華，讓她一瞬間看起來像洋娃娃一樣。

那頭金髮輕輕飄動，藍白色月光照耀出她稚嫩與妖豔同時存在的美貌。從她的紅唇流出有些口齒不清的甜膩聲音。

「亞魯戈，歡迎回來。找到助手了嗎？」

「嗯，從以前就認識的熟人。你們也跟妮露妮爾小姐打招呼吧。」

如此回應的亞魯戈態度就跟平常完全沒有兩樣，當我猶豫著該用哪種態度時，往前走出一步的亞絲娜就做出只在電影裡面看過的打招呼動作。她以雙手輕輕抓起洋裝裙襬，右腳後退並且彎曲左膝，接著報上姓名。

「初次見面，妮露妮爾小姐。我叫亞絲娜。」

亞絲娜恢復姿勢並退後一步。接著輪到我了，但就算想完全模仿她的動作，我也沒有穿裙子。高速攪動腦汁想著「呃……呃……」，死命地回想外國電影裡像是貴族的人有什麼動作。我跟亞絲娜一樣右腳退後一步來跟左腳交叉，接著右手放在胸口下方，左手橫向伸出並且行了一個禮。

「初……初次見面，我是桐人。」

雖然不清楚這是不是正確答案，但少女大方地點點頭，然後開口向我們詢問「叫你們……

亞絲娜跟桐人可以嗎？」。這是AI化的NPC一定會進行的姓名發音確認。由於發音相當正確，我們便同時回答「可以」。

「那麼，請多指教。坐下吧。」

如此說完後所指的並非巨大沙發的空位，而是放置在少女腳旁的三人座沙發。依照我、亞魯戈、亞絲娜的順序坐下後，琪歐就在大理石矮桌上排起不知道什麼時候準備好的茶杯。結束後就拿著托盤像滑行般移動，退到兩張沙發的中間附近。那是如果我想對主人不利，可以立刻用穿甲刺劍把我刺穿的位置。

當然我並不打算證實這一點，說了句「失禮了」後就品嚐了一口茶。雖然是沒有加砂糖與牛奶的純紅茶，但卻帶有麝香葡萄般香味與些許甜味。由於聽見從右邊傳來亞絲娜「真好喝」的呢喃，所以應該是相當高級的茶吧。

我們一放下茶杯，躺著的妮露妮爾就半撐起身體來說道：

「既然像這樣回到這裡，就表示知道那隻小狗身上用了什麼樣的作弊手法了吧，亞魯戈？」

「嗯，大概啦。桐仔，你說明一下吧。」

突然被點到名，我不由得發出「咦咦？」的聲音，但現場根本不是能夠拒絕的氣氛。

沒辦法的我只好從褲子口袋裡拉出仔細摺好的手帕，當我為了把它交給妮露妮爾而起身的瞬間，左側的琪歐就立刻對我伸出右手。

「……麻……麻煩妳了。」

把手帕放到她的右手上後，琪歐就用雙手把它攤開。看見沾在正中央的紅點就皺起眉頭，不過沒有多說什麼就繞到巨大沙發後面，跪在主人右側遞上手帕。

接過去的妮露妮爾也以疑惑的表情來抓起手帕並看著我說：

「……這條手帕怎麼了嗎，桐人？」

「那個紅點是第一場比賽獲勝的赭色野犬猛烈撞上欄杆後留下來的。」

「也就是小狗的血……看來不是。完全沒有血的氣味。」

我對手帕連鼻子都沒有靠近就如此斷言的妮露妮爾輕輕點頭。

「是的，那應該是由某種植物製作而成的染料。」

「染料……？」

妮露妮爾像娃娃般的兩顆大眼睛瞬間瞇起來。原本一直認為是黑色的眼珠，在月光照耀下發出深紅色光芒。

「也就是說，小狗的毛皮經過染色嘍？」

「是的。」

點完頭的我盡量以清晰的聲音說明施加在赭色野犬身上的作弊方法。

「這一層的西側，出沒在『白骨平原』的赭色野犬確實有著那種顏色的毛皮。但是刻意染成同樣的顏色根本沒有意義……也就是說第一場比賽裡跟球鼠婦，不對，是超彈力球鼠婦戰鬥的並非赭色野犬，我認為是原本毛皮不是那種顏色的高等種。」

「…………」

即使說明結束，妮露妮爾也遲遲沒有開口。

當我想著「會不會是搞錯什麼了」而開始感到不安時，少女終於動起左手，把手帕還給琪歐。但是那隻手卻依然停留在空中。

琪歐迅速把作為證據的手帕收進圍裙前面的口袋裡，接著從附近的邊桌拿起酒瓶，把看起來像漆黑的深色液體倒在玻璃杯裡大約兩根手指的高度。

以左手接過那個杯子的妮露妮爾，一口氣把應該是紅酒的液體喝光。即使想著「小孩子在喝酒！」「不行啦不行啦！」，但也不認為艾恩葛朗特有禁止未成年喝酒的法律。

而且妮露妮爾小姐把喝光的玻璃杯筆直地往上舉，準備把它丟到地上。但是在最後一刻忍耐下來，把緩緩收回來的玻璃杯交給琪歐。「呼……」一聲吐出長長的一口氣，然後抬起臉來看向這邊。

柳眉整個倒立的美麗臉龐上已經沒有絲毫稚嫩感。她的歲數應該跟在第六層遇見的米亞差不多，但是醞釀出的魄力卻完全不像個少女。

「……柯爾羅伊爺爺，竟然幹出這種事。」

發出的聲音裡雖然帶著紅色的怒火，但因為包含著陌生的名字，我忍不住就開口反問：

「柯爾羅伊是誰啊？」

「……琪歐，妳來說明。」

妮露妮爾輕揮了一下左手，琪歐把酒杯放回桌上後就移動到原本的位置並低頭看著我。

「你知道這間窩魯布達大賭場是由妮露妮爾小姐當家的那庫特伊家，以及姻親柯爾羅伊家所共同營運的嗎？」

兩個名字都是第一次聽見。也不記得封測時期曾經聽過。側眼往右邊看去，亞魯戈與亞絲娜也都左右搖著頭，於是我便再次往上看著琪歐並且回答：

「抱……抱歉，我不知道。」

「……畢竟是剛到這個城市的冒險者，這也沒辦法。那庫特伊家與柯爾羅伊家都是英雄法魯哈利的血脈。你們至少應該知道法魯哈利吧？」

好像曾經在哪個地方聽過……當我翻找著雜亂無章的記憶時，亞絲娜就幫了我一把。

「是擊敗水龍薩利耶加，開拓出窩魯布達的人對吧。」

「正是如此。法魯哈利娶了原本要獻給薩利耶加當活祭品的女孩子，之後生下了雙胞胎男孩。但是兩人從小就感情不好，長大後也持續為了爭奪繼承法魯哈利家而爭吵。於是年老的法魯哈利便留下遺言，禁止兩人直接拿劍戰鬥，而是由馴服的怪物來代替他們戰鬥，五場比賽裡率先贏得三場者將成為窩魯布達的下任支配者。」

「這樣啊……」

跟讓雙胞胎兄弟互相殘殺比起來，這或許是和平的解決方法，但是被用來戰鬥的怪物就很倒楣了……當我這麼想時，妮露妮爾就像看透我的思緒一樣說道：

「你們冒險者也殺了難以數計的怪物吧。」

「您……您說的一點都沒錯。」

聽見這個回答的妮露妮爾，用鼻子輕哼一聲後才揮手催促琪歐繼續說下去。

「……始祖法魯哈利離世後，雙胞胎就按照遺言，以馴服的怪物舉行了五場比賽。」

「等……等一下。」

打斷剛剛重新開始的說明後，琪歐就露出明顯感到不愉快的表情。我忍不住縮起脖子，提出了疑問。

「妳剛才提到馴服，聽起來是很簡單……但真的可以辦到那種事嗎？」

「像你我這種普通人當然辦不到了。」

很乾脆地如此斷言後，琪歐就有些驕傲般繼續表示：

「但是英雄法魯哈利學會了馴服怪物的祕術。雙胞胎也靠繼承自法魯哈利的力量來馴服怪物。」

「祕術……」

啞然如此呢喃之後，就把最微小的聲音送進身旁亞魯戈的耳朵當中。

「喂，亞魯戈，ＳＡＯ沒有馴獸之類的技能吧？」

「技能選單裡面沒有啊。如果有的話就是特別技能了……」

「真……真的嗎？」

我忍不住吞了一大口口水。

我的技能格子裡目前存在的兩個特別技能「體術」與「冥想」，全都是克服ＮＰＣ給予試煉類的任務後才學會。說不定這個任務也是這種類型的？順利完成的話，就能學會被認為ＳＡＯ內不存在的「馴獸」技能……？

「可以回到主題上來嗎？」

琪歐感到焦躁的聲音，讓我急忙改變身體的方向。

「好……好的，請說。」

「始祖法魯哈利去世後，雙胞胎就按照遺言以馴服的怪物舉行了五場比賽。」

琪歐完整地重複了一遍被我中斷之前的話後，就重新開始說明。

「但他們都對自己準備的怪物沒有自信。於是就宣稱為了讓每場比賽都能順利舉行，在正式開始前先舉行預演。於是把宅邸前廣場的一部分用木製柵欄圍起來，然後做兩個出入口，讓怪物從那裡進入來進行戰鬥。在許多居民的觀戰下舉行了比賽的預演，結果發生怪物飛越柵欄或者用力過猛而撞壞柵欄等狀況，引起了很大的騷動。」

木製柵欄的話，當然會發生那種事啦……我心裡雖然這麼想著，但琪歐的話尚未結束。

「不過因為沒有造成傷亡，所以居民們都很享受這次的預演。當時的窩魯布達是以零碎的漁業與農業維持生計的小城鎮，東邊的雷庫西歐，西邊的布拉米歐也都沒有像樣的娛樂。隔週在補強柵欄後舉行第二次預演時，不只是窩魯布達，連雷庫西歐與布拉米歐的人都來觀戰，據說出現了攤販以及聚賭的人，像是祭典一樣熱鬧。」

「……開始知道最後會有什麼結果嘍。」

我默默對亞魯戈的呢喃點了點頭。琪歐也不再瞪向這邊，只是交雜著手勢與動作來繼續講述過去的事情。

「看見這種情形後雙胞胎就有了想法。他們決定不急著舉行正式的五場比賽，認為只要不斷舉行預演，不就可以每個星期都讓客人來窩魯布達花錢了嗎……結果這個計畫完全成功，從兩個城市湧入大量的客人來觀賞改名為『鬥技場』的預演比賽。雙胞胎便不再爭奪繼承者的位子，改由自己來主導賭局，甚至舉行比賽前的餘興節目與其他賭博，最後兩個人的宅邸經過改建，便成了這間窩魯布達大賭場。雙胞胎老了之後死去，事業就由子孫繼承，法魯哈利的遺言也變成徒具形式……」

琪歐說到這裡就停了下來，結果由妮露妮爾代替她做出結論。

「正如你們在地下所見，失去當初目的的預演每一天都不斷重複著。」

「…………」

從稚嫩的當家那冰冷的口氣，無法判斷她對徒具形式的遺言有什麼樣的想法。說起來妮露妮爾是始祖英雄法魯哈利之後的第幾代當家呢？

根據騎士基滋梅爾告訴我們的黑暗精靈傳說，遙遠的古代有許多城市連同地面被切割下來，然後放逐到魔法之力無法抵達的高空，浮遊城艾恩葛朗特就是如此誕生。雖然「遙遠的古代」具體來說究竟是多久仍不可考，但應該有一兩百年吧。

基滋梅爾這麼說過。「繼承大地切斷與六把祕鑰所有傳說的就只有女王陛下一個人。關於這座浮遊城誕生的時代，我們也只聽過是在遙遠的古代。」——但現在只要知道英雄法魯哈利是幾年前的人，就能判斷出「遙遠的古代」的下限了。

下定決心後，我就打算跟妮露妮爾詢問這個部分的事情。但是右邊亞絲娜的聲音比我快了一步。

「既然雙胞胎繼承了英雄法魯哈利的力量，那麼身為後人的妮露妮爾小姐也能夠馴服怪物嘍？」

「是啊。」

琪歐又對這個簡單的回答做出補充。

「正確來說，只有那庫特伊家的當家妮露妮爾小姐以及另一個人……柯爾羅伊家的當家巴達恩能夠使用『役使』的力量。」

「這麼說的話，每天在地下鬥技場戰鬥的怪物……有一半是妮露妮爾小姐您親自出手馴服的嘍？」

「是啊。」

這次的回答也相當簡短，但或許是亞絲娜的口氣比我禮貌五倍左右吧，當家又自己補足了情報。

「只不過也不是我自己到森林、山脈或者洞窟裡去，只是馴服被捕獲然後帶到這裡來的怪物。我也想自己去找喔，但是琪歐與警衛們不允許我這麼做。」

「那是當然了！」

琪歐立刻插嘴這麼表示。

「妮露妮爾小姐的性命受到柯爾羅伊家的人威脅。到野外去的話，就跟要他們發動襲擊沒有兩樣。」

「跟用毒之類的卑鄙手段比起來，我寧願他們直接發動襲擊還比較乾脆。」

我再次插嘴打斷這聽起來很危險的對話。

「那……那個，生命遭到威脅是……那庫特伊家跟柯爾羅伊家不是共同營運賭場嗎？妮露妮爾小姐供給一半在鬥技場戰鬥的怪物，您要是消失了，柯爾羅伊家也會很傷腦筋吧？」

「巴達恩・柯爾羅伊就是年老昏庸到連這麼簡單的事情都搞不懂了。老年人還真是討人厭呢。」

說完這不像小孩子會說的話之後，妮露妮爾再次把身體躺到坐墊裡面。她邊在空中晃動光著且交叉的腳尖邊像呢喃般——

「……巴達恩以前也很疼我。但隨著生命逐漸走向盡頭，就只想著如何逃離死亡。現在的巴達恩為了購買剩餘不多的生命而專心撈錢，眼裡看不見任何其他的事情。會在鬥技場耍無聊的小手段也是這個緣故……因為獲勝那一邊可以全部拿走下注的籌碼扣下來的一成手續費。」

「買……命？到底是從誰那裡買？」

在道具店裡販賣的回復藥水就不用說了，就連在第七層相當少見的回復水晶，應該都無法延長壽命吧。因為如此認為才會提出這個問題，但妮露妮爾只是輕輕搖了搖波浪狀的金髮。

「你們沒必要知道那麼多。那麼……得先謝謝你們幫忙識破野犬的機關才行。琪歐……」

被主人叫到名字的女僕移動到我們面前。然後把小小的皮革袋子交給站起來的亞魯戈。

「謝謝！」

亞魯戈接過皮革袋子的瞬間，浮在妮露妮爾頭上的「？」就隨著些許效果音消失了。原本共有的任務記錄也跟著清空。這樣子工作就算結束了，但是就故事上來說實在有點不上不下……正當我這麼想時。

橫躺的少女頭上又出現通知有新任務出現的「！」。右手還拿著皮袋的亞魯戈立刻開口問道：

「妮爾小姐，還有沒有其他工作？」

「嗯……也不是沒有啦。但這次的很麻煩喔。」

「沒關係沒關係，桐人和亞絲娜會努力的。」

面對輕易許諾的亞魯戈，妮露妮爾輕笑一下後就撐起上半身。然後正色以認真的口氣開始說道：

「那我開始說明了——你們幫忙識破機關的假赭色野犬，柯爾羅伊那邊明天晚上也會讓那隻小狗出賽。」

「咦，牠受到不少Dama……不對，是受到不少損傷了吧。」

聽見我的意見後，少女就聳了聳纖細的肩膀。

「當然應該會加以治療吧。而且那隻野犬包含今天在內已經連續四天出賽了。」

「就表示四連勝了嗎……不對，但是，先等一下。妮露妮爾小姐是在今天的比賽前就注意到那隻野犬很可疑了吧？」

「什麼今天，三天前……也就是第二場比賽時我就覺得可疑了。」

我畏畏縮縮地對如此回答的妮露妮爾問道：

「那為什麼不派更強一點的怪物去對抗呢？雖然超彈力球鼠婦也不弱，但是像……維魯提亞岩蟒蛇或者熾烈蠑螈之類的……」

我從記憶庫裡挖出第七層特別棘手的強敵名稱後，少女就明顯地繃起臉來表示：

「岩蟒蛇無法通過入口閘門，讓熾烈蠑螈戰鬥的話會發生火災吧。而且單方面具壓倒性實力的比賽根本就賭不成吧？」

「那麼……是如何決定對戰組合的呢？」

「有記載棲息在第七層，尺寸能夠在籠子裡安全戰鬥的所有怪物名稱與特徵的一覽表。」

聽到這句話的瞬間，身邊的亞魯戈就動了一下身體。對情報販子來說，那確實是令人垂涎三尺的物品。別想用偷的啊……我一邊如此祈禱一邊繼續聽著妮露妮爾的說明。

「根據那張一覽表，怪物依照其強度分為十二個等級。只有分在同一個等級的怪物才能對戰。超彈力球鼠婦與赭色野犬兩者都是第六級喔。」

「……順便問一下……」

「最弱的是一級，最強的是十二級。也就是說對方把第七級以上的高等種偽裝成第六級的赭色野犬來出賽。」

再次像看透我的內心般這麼回答完後，妮露妮爾深紅的眼瞳就閃爍殺伐的亮光。

「那庫特伊家與柯爾羅伊家過去不論再怎麼鬥爭，還是遵守著關於窩魯布達大賭場的規定。但是巴達恩為了一點小錢而越過了絕對不能逾越的底線。必須讓他受到懲罰才行。」

「……喂喂，麻煩的工作應該不是暗殺之類的吧？」

亞魯戈過於直截了當的發言讓少女露出大大的苦笑。

「怎麼可能拜託你們做這種事呢。要做的話我會親自動手。」

雖然以一派輕鬆的模樣說出危險的發言，但妮露妮爾像洋娃娃般的手別說是劍了，我看應該連匕首都揮不動吧。光看外表示無法得知NPC的能力值，在第六層一起戰鬥過的米亞也是強大到不像小孩子，但是跟受到母親賽亞諾嚴格鍛鍊的米亞不同，妮露妮爾是個黃花大閨女。組隊的話應該就能知道等級上的數字，不過應該不會出現那樣的發展吧。

短短兩秒就恢復成標準表情，妮露妮爾接著就進入主題。

「希望亞魯戈你們幫忙收集『那索斯樹』的樹果，以及名為『烏魯茲石』的石頭。在把樹果搗碎後搾出的液體中加入同量的烏魯茲石並且細火熬煮，就能夠獲得能夠讓所有染料失去顏色的強力脫色劑。」

「脫色……」

當我低聲重複了一遍這句話的瞬間，就了解那種液體的用途了。

「也就是說，要讓那隻赭色野犬毛皮上的染料脫色嗎……？」

「而且是在鬥技場上，比賽開始之前。在一百人以上的賭客面前揭露作弊手法的話，巴達恩．柯爾羅伊也不能再耍什麼詭計了吧？」

「但是……那個時候大賭場的信用本身也會受損吧？我認為那庫特伊家也無法全身而退喔。」

小心翼翼地指出這一點後，妮露妮爾就輕嘆了一口氣。

「也沒辦法了。雖然我們準備的怪物被等級不同的怪物殺害也很讓人生氣，但更重要的是絕對不容許賭場出現詐賭行為。必須正式謝罪，然後歸還那隻野犬出賽時的所有賭金才行。」

行雲流水般說出讓人懷疑「真的是小孩嗎？」的發言後，妮露妮爾就把視線移到我跟亞魯戈身上。

「那麼，亞魯戈願意接下委託嗎？」

「嗯……嗯～～」

難得發出猶豫聲音的亞魯戈，依序看了看妮露妮爾與琪歐的臉後開口詢問：

「我想之所以委託我識破野犬的作弊方法，是因為那庫特伊家的人不能占據籠子正前方的位置，但是收集石頭和樹果這種事情應該沒問題才對吧？那庫特伊家有熟練的怪物捕捉部隊，只要讓他們在工作之餘順便……」

「就能力上來說，捕捉部隊的成員當然是不成問題。」

如此回答的是琪歐。

「但是會有兩個問題。首先呢，烏魯茲石是可以在流經窩魯布達西邊的河流岸邊撿拾到，但除了數量稀少外，因為它是漆黑的石頭所以白天才能找得到。那庫特伊家的屬下在尋找烏魯茲石的時候要是被柯爾羅伊家的人看見了……」

「就會被發現想要製作脫色劑了嗎？」

「正是如此。然後另一種材料那索斯樹，是長在距離窩魯布達相當遙遠的第七層中央的一座森林裡。這個地方雖然不太可能被柯爾羅伊家發覺，但還有其他問題。那座『晃岩之森』裡面有黑暗精靈族的城堡。」

聽見她這麼說的瞬間，我就挺直了背桿。我想亞絲娜應該也一樣。

琪歐雖然瞄了這一邊一眼，但隨即繼續說明下去。

「那庫特伊家與柯爾羅伊家，從很久以前就經常趁黑暗精靈不注意時到森林裡捕捉怪物。現在只要黑暗精靈們一發現捕捉部隊就會立刻襲擊過來。就算是熟練的隊員，在森林裡也贏不過精靈騎士與弓箭手。」

這也是理所當然的事。不論是黑暗精靈還是森林精靈，基本上等級都設定得比出現在該層的怪物高出許多，這個第七層應該出現了等級更高的精靈才對。就連現在的我，也不覺得能在一對一時戰勝對方。不過只要裝備著「留斯拉之認證」，應該就不會被黑暗精靈攻擊了。

就像是連我這樣的思考都看穿了一般，琪歐一直凝視著我戴著戒指的左手並且表示：

「桐人、亞絲娜，看來你們跟黑暗精靈締結了友誼關係。這麼一來，光是在森林裡收集一些樹果應該不會受到襲擊才對。不過砍斷或者折斷活生生的樹就不知道會怎麼樣了。」

「不……不會砍也不會折喔。」

「那樣比較好——那麼，你們願意接下委託嗎？」

回答這個問題是亞魯戈的工作。情報販子沉默了兩秒左右後，呢喃了一句「嗯，在這裡放棄的話也像有根刺卡住」就站了起來。我跟亞絲娜也急著起身。

「好，我們接了。」

下一個瞬間，妮露妮爾頭上的「！」就變成「？」。或許是我想太多吧，似乎有些鬆了一口氣的當家輕點了一下頭表示：

「這樣啊，真是太好了。想要你們收集的是二十個那索斯樹的樹果，然後烏魯茲石……我想想，五十個吧。往返那索斯樹生長的『晃岩之森』需要三個小時，索魯茲石就算獨自一人應該五個小時就能找齊了。考慮到搾汁熬煮的時間，明天下午一點前不拿過來的話就趕不及比賽了。」

「下午一點嗎？嗯，應該沒問題吧。既然這麼決定了，那今天晚上早點睡比較好喲。」

「抱歉，雖然想讓你們住這家飯店，但現在還無法給予你們如此大的方便。」

面對這麼道歉的妮露妮爾，亞魯戈咧嘴對她笑了一笑。

「怎麼能讓妮爾小姐打破賭場的規矩呢。那麼，明天吃午飯之前我們會回來喲。」

心裡一邊想著「喂喂，隨口這麼答應真的沒問題嗎」，一邊對妮露妮爾與琪歐行了個禮，然後面向門口準備追上亞魯戈。但在跨出第二步之前就被女僕叫住了。

「桐人，你忘了東西。」

回過頭一看，琪歐露出了受不了的表情把從我這裡收走的短劍遞了過來。看見我急忙收下的模樣，感覺妮露妮爾小姐似乎發出輕笑聲，不過那應該只是我想太多吧。

7

從樓梯回到一樓，準備離開賭場的時候，我突然想起某件事而叫住亞絲娜與亞魯戈。

「啊，等一下。我還想去確認一下ALS和DKB的賭局，可以嗎？」

一聽見我這麼說，兩個人就露出懷疑的眼神，我便急忙搖著頭說：

「不是啦，我不是因為羨慕之類的，只是覺得那些傢伙大勝或許也有什麼奇怪的理由對吧？」

「嗯……不能說沒有啦。但是，最後一場比賽應該還沒開始喲。」

亞魯戈指出這一點後，我就看向視界邊緣的時間顯示。感覺在妮露妮爾的房間談了很久，結果現在才剛過十點十分左右。

我記得夜間的五場比賽是預定在九點、九點二十分、九點四十分、十點、十點三十分舉行，目前是第四場比賽結束不久嗎？只不過，如果一路獲勝的話，兩個公會現在應該是氣氛最熱絡的時候吧。

「真的只要瞄一下就可以了！」

堅定地如此表示來說服兩個人後，我就快步走下階梯。鑽過鬥技場大門的瞬間，賭客們的興奮就變成熱氣朝我湧至。

如果第二與第三場比賽沒有輸掉，DKB與ALS應該還在左右兩邊的餐酒吧裡。穿越無秩序動著的NPC，準備前進到能望遍餐酒吧的地點，這個時候——

「咦，桐人先生？」

突然被叫到名字，嚇了一跳的我就停止動作。

往右邊一看之下，站在那裡的是穿著寬鬆半袖上衣與寬鬆七分褲的女性玩家。橘色頭髮在粗眉上剪成一直線，下方有著小巧眼鼻的臉龐，感覺好像曾經在哪個地方看過——

「……妳是哪位？」

畏畏縮縮地這麼問道，結果女性就往上看來瞪著我，然後指了指自己頭上。浮在該處的顏色浮標顯示著「Liten」幾個英文字。

「啊……啊，莉庭小姐嗎！」

當我這麼大叫時，剛好從後面追上來的亞絲娜就用力拍了一下我的背。

「竟然忘了人家的長相，太沒禮貌了吧，桐人！」

「我……我不是忘記。如果是平常那種全身鎧甲的模樣，我馬上就認出來了。」

結果亞魯戈也吐嘈了我這樣的抗辯。

「那不就表示你不記得人家的長相嗎？」

「因為幾乎沒有看過臉啊。」

「那就先看浮標啊。」

「看浮標的話就會被發現想不起名字。」

當我們像這樣互相爭論時，原本鼓起臉頰的莉庭就突然噗哧一笑。

「啊哈哈……各位真是一點都沒變。」

ＡＬＳ的全身鎧甲女孩莉庭，除了是攻略集團裡少數的女性之外，還是以最高等級物理防禦力為傲的坦克要角。第五層發生ＡＬＳ偷跑事件時提供協助之後，就跟我們維持著友好的關係，但是對一個國中二年級男生來說，實在不太清楚怎麼跟她相處。這是因為莉庭她正在跟ＤＫＢ的田徑社社員席娃達交往。老實說，我完全不清楚該面對「有男朋友的女性」時，表現出什麼樣的親密度是在可允許的範圍。

因此我就確保與莉庭之間存在一公尺的距離，然後小心地用不會太過熟稔的口氣問道：

「那個……莉庭小姐打算到什麼地方去呢？第五場比賽馬上就要開始了對吧？」

「啊，這個嘛……」

莉庭瞄了一眼身後的餐酒吧後開口表示：

「我因為太過緊張而出了一身冷汗，所以打算不要直接看第五場比賽。」

「咦，太可惜了！」

亞絲娜用力推開忍不住這麼大叫的我來到前面。

「我懂喔，因為我也不喜歡這種緊張感。」

「就是說啊。還能夠自己戰鬥的樓層魔王攻略戰都比這好多了。」

「莉庭小姐打算在哪裡等待結果呢？」

「原本打算在一樓大廳附近閒晃……」

「這樣的話，要不要跟我們喝杯茶？」

「啊，好主意！但是賭場附近的店家都很貴耶……」

「賭場一樓的吧檯是普通的價格喔。」

「那就到那裡去吧。」

經過像是有劇本般的高速對話之後，兩個人就開始往出口走去。亞魯戈一瞬間跟我交換眼神後也追了上去。雖然是意料之外的發展，但能夠在這裡從莉庭身上打探消息真是太好了。

再次爬上樓梯來到一樓的娛樂室。吧檯存在於中央大柱子的左右，由於左邊比較空，於是我們就占據那邊的位子。這裡能用的不是賭場籌碼而是珂爾，我和亞魯戈點了生啤酒，亞絲娜和莉庭則點了桑格利亞——似乎是將水果與辛香料浸泡在紅酒裡的飲料。由於酒三秒鐘就出現，我們就先乾杯。賭場內雖然涼爽，但是冰涼的生啤酒還是宛如能滋潤全身般好喝。講個貪心一點的話，還是希望能更冰冷一點，但是艾恩葛朗特的冰塊是奢侈品。一瞬間浮現「厚著臉皮跟亞魯戈要『雪樹的花蕾』」的想法，但那會出現些微薄荷氣味，所以不適合啤酒。

一口氣把啤酒杯喝光一半後，就跟亞魯戈同時發出「噗哈」的氣息。在第一層時還覺得只不過是又苦又酸的液體，回過神來才發現已經無法抵抗「先來杯生啤酒」的點餐方式。照這個樣子下去，感覺回到現實世界也會想喝啤酒，不過只能等那個時候再說了。

亞絲娜跟莉庭也大口喝下漂浮著水果切片的桑格利亞酒。以紅酒為基調的話，就表示真實的它應該具備十%以上的酒精濃度，但在這個世界裡就算喝光一個大酒桶都不用擔心急性酒精中毒。

時間是十點二十分。再過十分鐘，第五場也就是最後一場比賽就要開始了。可以的話，希望在那之前能夠問出想知道的情報。

如此思考的我，原本想對坐在右邊的亞絲娜身旁的莉庭提出對於窩魯布達有何印象的話題，結果坐在右邊最深處的亞魯戈就快我一步開口表示：

「小庭啊，牙王跟凜德為什麼會整個迷上怪鬥呢？兩個人都不是把所有錢用在賭博上的類型吧。」

——太突然了吧！

雖然內心暗暗著急，但莉庭卻沒有任何懷疑的模樣，直接點點頭說：

「誰都會這麼想對吧。但是，他們不是在沒有任何勝算的情況下去賭的喔。」

「妳的意思是？」

「ALS和DKB是昨天，不對，是今天深夜一點左右移動到第七層的主街區，立刻就到旅館住宿然後七點集合，吃完早餐後朝有兩個大門的廣場移動後，就有NPC過來搭話。」

「NPC……？有那樣的事件嗎……」

我跟亞絲娜也和亞魯戈一起露出狐疑的表情。莉庭所說的廣場應該就是有「拐杖男」與「酒杯男」石像俯視的那個地點，但是該處沒有任何NPC對我們搭話。

「這麼說來，應該是先到先贏的事件吧。那個NPC是看起來很樸實的大叔，他問我們要不要購買窩魯布達的怪物鬥技場的必勝祕笈。」

「必勝祕笈——？」

由於實在是太過可疑的單字，我忍不住發出了聲音。

「那絕對是騙錢的吧……」

「我還有其他人應該都是這麼認為啦。」

對著我露出苦笑後，莉庭又重新轉向亞魯戈。

「但那本必勝祕笈只要一百珂爾喔。這麼便宜的價格，內容就有今天白天與夜晚出賽的所有怪物名稱、特徵以及勝負的預測，還有到窩魯布達的地圖、路途中湧出哪些怪物的解說，甚至連城市的導覽都……」

「那真是跳樓大拍賣的價格，這下我要怎麼做生意？還以為是另有對賭場相當熟悉的玩家，沒想到竟然是NPC。」

「也有太過便宜反而可疑的意見出現，但牙王表示金額跟較貴的一餐費用差不多就買吧……買了必勝祕笈後往『順風之路』前進，就發現地圖是正確的，怪物的解說也很適切，很輕鬆就抵達窩魯布達了。於是變成也試試看怪鬥的情況，白天的第一場比賽在必勝祕笈打了雙重圈圈的怪物身上下了一千珂爾，也就是十枚籌碼，結果真的贏了。第二場比賽就下了一萬珂爾，也就是一百枚籌碼，然後又贏了……」

說到這裡就中斷的莉庭，再喝了一口桑格利亞酒。亞魯戈似乎在思考些什麼，於是我就做出有點吃味的評論。

「這麼說來，牙王他們之後也照著必勝祕笈的預測下注而不斷獲勝嗎？真是令人羨慕。」

「那個NPC或許不會把必勝祕笈賣給貪心的玩家吧？」

由於立刻就遭到亞絲娜的諷刺，我便笑著還以顏色。

「如此一來，亞絲娜也被判定為貪心的玩家嘍。」

「…………」

原本還以為她一定會使出常見的側腹攻擊，結果亞絲娜也露出燦爛笑容並且表示：

「為了證明我不貪心，這個就給你吧。」

她從桑格利亞酒裡捏起切成大塊的柑橘類水果，然後丟進我的啤酒裡。

「啊啊，妳做什麼啦！」

「說不定會變好喝喔。」

「怎麼可能嘛……」

這下子要是變得不好喝就對亞絲娜的臉使出毒霧攻擊，我就邊想著這不可能辦到的事邊把啤酒湊到嘴邊。小心翼翼地嚐了一下味道後……

「……咦，還不錯嘛。」

「對吧。我記得確實是有『Bitter orange』這種把柳橙汁加進啤酒裡面的調酒喔。」

「絕對是剛剛才想起來的吧。」

當我這麼吐嘈時，再次從右邊傳出莉庭的笑聲。

「啊哈哈哈哈，真是絕佳的拍檔。」

「才……才不是呢。」

乾咳了幾聲的亞絲娜，強行把話題拉回原來的軌道。

「……如此一來，不只是ＡＬＳ，連ＤＫＢ都被那個賣祕笈的大叔搭話了嗎？」

「啊，沒錯。傍晚稍微跟席爸見面時，他這麼說了。」

面對隨口就說出男友暱稱的莉庭，亞絲娜有一瞬間不知道該如何接話，但是立刻就又提出問題。

「那麼……到剛才結束的第四場比賽為止，你們大概贏了多少籌碼？」

「我記得應該是五萬多枚吧？」

雖然是比我的預測還少一些的數字，但那應該是因為跟著必勝祕笈下注時，有時候會下在賠率低的怪物身上吧。

「這麼說來，第五場比賽下注在賠率兩倍的怪物身上並且獲勝的話，就能達到十萬枚的目標了。」

聽見亞絲娜的話之後，莉庭就輕輕點頭。

「嗯，是沒錯啦……但是對於要下注哪一邊發生了一些爭執。第五場比賽，怪物的預測符號是圓形跟三角形。賠率的話，三角形那一邊是兩倍，而圓形是一．五倍左右……」

「之前都下注在符號較佳的怪物身上嗎？」

「是啊是啊。到了白天的第三場比賽之前，都還有成員建議下注在符號顯示劣勢的怪物身上，但勝負的結果都完全按照祕笈的預測，所以夜間就全部按照符號來下注了。」

「不覺得……事情太順利了嗎？」

先不管作為賭徒的嫉妒，但我實在無法壓抑身為遊戲玩家的突兀感，於是便插嘴表示：

「只花一百珂爾購買的必勝祕笈，命中率真的可能百分之百嗎……如果是遊戲的事件，經常會出現最後的最後才由與符號相反的怪物獲勝，因此而失去所有財產的情形。」

「啊，Schinken先生也說了同樣的話。」

莉庭的發言讓我一瞬間思考了一下她說的是什麼人，不過立刻就知道是Schinken Speck。亞絲娜表示，Schinken Speck是奧地利所製作的一種生火腿，但不知道他為什麼會選擇這樣的角色名稱。

「Schinken先生提出『最後一場比賽不會是陷阱吧』的意見……如果下注三角形符號，賠率兩倍的怪物並且獲勝，籌碼就能超過十萬枚，就能換得那把性能驚人的劍了。所以鮭魚卵先生跟維爾達先生也同意Schinken先生的看法……我就在這個時候離開了，結果不知道他們下注在哪隻怪物身上……」

「那個……維爾達先生是哪一位？」

我知道鮭魚卵指的北海鮭魚卵，不過維爾達是首次聽見的名字，所以還是確認了一下，結果莉庭吸了長長一口氣才回答：

「全名是修瓦魯茲維爾達．基爾休特魯提先生。跟我一樣是坦克喔。很早之前就加入公會了，但最近好像掌握戰鬥的訣竅，於是升上一軍來了。」

「原來如此……」

ＨＰ、技能熟練度等數值上的能力，只要花時間就能夠確實地上升，但所謂的玩家技能（ＰＳ）就不一定了。尤其完全潛行型的ＲＰＧ在ＰＳ比重上比傳統遊戲更高，要熟習一個劍技所花的時間也會有個人差異。集團戰的戰鬥方式就更難了，除了要對應眼前的怪物之外，還必須俯瞰小隊成員、公會成員以及整個戰場的狀況來做出適切的行動，這些都需要知識、經驗以及天分。

由於一直是獨行攻擊手的我在集團戰的ＰＳ方面也沒有高到可以對別人說三道四，所以非常感謝像維爾達先生這種以一流坦克為目標而不停努力的玩家。名字有點，不對，是相當難記只不過是小事。

我邊想著這些事情邊看往視界右下角。十點二十五分，距離第五場比賽還有五分鐘。ＡＬＳ與ＤＫＢ應該都下完注了才對。馬上就能決定他們是能獲得榮耀還是跌入絕望深淵了。

老實說真的很想到現場去觀戰，但那樣實在太幸災樂禍了。現在還必須從莉庭那裡問出一件非常重要的事情才行。

「莉庭小姐，謝謝妳。我了解凜牙他們下大注的原由了。讓我們祈禱他們能夠獲勝吧，不過我還有一件事情想請教……」

我一這麼說，莉庭就立刻露出正經的表情並且點點頭。

「我知道，是巴庫薩姆的事情吧。」

我、亞絲娜和亞魯戈默默點了點頭。

身為ＰＫ集團一員的巴庫薩姆潛入的公會是ＤＫＢ，所以或許不曾直接跟ＡＬＳ的莉庭見過面，但是我們沒有參加的昨晚那場會議裡，凜德應該做出詳盡的說明了才對。

把剩下一點的桑格利亞酒喝光後，莉庭吸了一口氣才開始說：

「……跟我們ＡＬＳ比起來，ＤＫＢ算是少數精銳取向，但還是持續募集著隊員。順帶一提，雖然沒有積極地挖角，但還是在下層的主街區派發徵人報紙，然後經常在起始的城鎮舉辦入團審查會。」

「這……這樣啊……」

雖然還是首次聽人把宣傳單或廣告稱為徵人報紙，不過現在不是在意這種事情的時候。

「審查會是要審查什麼？」

「我也只是稍微問席爸一下而已，好像是看等級、能力值以及技能構成的第一次審查，以及實際演練劍技的第二次審查，好像還有跟幹部單挑的第三次審查。」

「第三次審查…………」

我單邊的嘴角反射性抽搐了起來。

「那樣真的能招集到希望加入的人嗎？」

亞絲娜也以帶著些許傻眼的聲音這麼問道，莉庭則是輕點了一下頭。

「最近以攻略集團為目標的中堅層玩家增加了，似乎每次都有二三十人來參加審查。跟DKB是迪亞貝爾先生的直屬公會也有很大的關係……我雖然沒有直接跟他說話的機會，但是在中堅層的玩家之間，他就像是傳說中的英雄。」

莉庭又加了一句「牙王先生也是很棒的領袖啦」，當她這麼說時我就看著她的側臉，同時腦袋裡也浮現「騎士」迪亞貝爾的模樣。他在第一層樓層魔王攻略戰中死亡的日子是去年的十二月四日，今天是一月五日。實在很難相信僅僅經過一個月而已，但這段時間已經足夠讓他在中堅玩家之間成為傳說了。

莉庭的聲音打破了短暫的沉默。

「……聽說巴庫薩姆是參加年末的入團審查會，在第三次審查的單挑中跟哈夫納先生打成平手才被認可加入DKB。」

「年末嗎……」

我一邊呢喃，一邊在腦袋裡打開攻略艾恩葛朗特的時間表。包含我、亞絲娜、亞魯戈與莉庭的即席小隊是在十二月三十一日晚上擊敗第五層的樓層魔王。在年末的那個時候，應該沒有任何人擁有第六層連續任務的情報才對。當然前封測玩家就另當別論了，但是封測時的「史塔基翁的詛咒」任務，作為重要道具的黃金方塊沒有能夠麻痺玩家的力量。

也就是說，如果巴庫薩姆打從一開始就是為了奪取黃金方塊才加入DKB，由「黑色雨衣男」率領的ＰＫ集團就是從前封測玩家之外的路線獲得那個道具的情報。

「……巴庫薩姆、摩魯特、黑色面具的短刀使以及黑色雨衣男。」

一根一根伸直右手手指來列舉人員的亞絲娜，最後緊緊握住那隻手。

「不知道ＰＫ集團總共有多少人喔？」

「我也很努力調查了，但是連基地都找不到……」

亞魯戈一發出懊悔的聲音，亞絲娜就立刻安慰她說：

「別太逞強喔，亞魯戈小姐。那些傢伙很危險而且狡猾。不論混在什麼地方都不會感到突兀。」

一點都沒錯。我們認為亞絲娜稱為「黑色面具短刀使」的ＰＫｅｒ可能就是ＡＬＳ的資深成員之一，也就是名為喬的男人，很遺憾的是仍無法掌握證據。雖然很想向莉庭詢問喬的事情，但如果被莉庭發現我們懷疑喬而讓她直接去質問喬的話，她可能會有生命的危險。

「……那些傢伙到底在想什麼？」

莉庭用雙手握緊空玻璃杯，用盡力氣般擠出下面的話來。

「在這種狀況下做出ＰＫ這種事，明明妨礙攻略的話，也會延遲他們自己從ＳＡＯ解放出去的時間……」

我無法回答她的疑問。因為自從知道那些傢伙的存在後，我跟亞絲娜也一直有著同樣的疑問。

黑色雨衣男與眾同伴的行動，無論怎麼想都不合邏輯。但是，某方面來看，這也變成他們的優勢。刻意妨礙攻略死亡遊戲的異常行為，讓人很難預測出那些傢伙的行動。

用柳橙口味的啤酒把嘴裡湧出的苦味沖掉後，就從右邊傳來亞魯戈的聲音。

「聽過『Bartle test』嗎？」

這未曾聽過的字，讓我跟亞絲娜、莉庭同時搖了搖頭。

「是過去某個遊戲研究家提倡的學說。根據這種測試，可以把遊戲玩家分成四種類型。」

「四種類型嗎？」

亞魯戈對歪著頭的莉庭豎起右手的一根手指。

「第一種是『Achiever』，這種類型的玩家會努力試著去達成遊戲內設定的目標。像是升到最高等級、湊齊最強裝備、完成所有任務、收集所有獎盃等等。」

我不太會收集所有獎盃耶……心裡這麼想的我還來不及插嘴，第二根手指就豎起來了。

「第二種是『Explorer』，是熱心於探索、發現未知要素的類型。像是把世界地圖整個走遍，就算是首次見到的迷宮或怪物也先衝再說，固執地挑戰看起來能爬的牆壁或者能跳的懸崖。」

啊，我可能是這種……這次果然也沒有開口這麼說的時間。

「第三種是『Socializer』，是為了享受與其他玩家交流而玩遊戲的類型。最喜歡協力攻略，或者營運公會，然後站在地圖上好幾個小時來跟人聊天之類的。」

這次在我有想法之前，亞絲娜就表示：

「跟桐人完全相反的類型耶。」

下一刻，莉庭就發出「呼噗噗」的奇怪聲音。由於她深深地低下頭，絕對是在憋笑不會錯了。在深處的亞魯戈也咧嘴揚起嘴角，但立刻就恢復嚴肅的表情——

「然後，第四種是『Killer』。是從殺害其他玩家這件事找到喜悅的類型。」

亞絲娜與莉庭臉上的笑容瞬間消失。

我代替無法動彈的兩個人對亞魯戈問道：

「……也就是說ＰＫ集團的傢伙是Killer類型嘍？」

「我想事情也不是這麼單純啦。基本上我認為Bartle test也很可疑……只不過，我想被囚禁在ＳＡＯ的玩家裡，有人對於ＰＫ行為的心理障礙比較大，有人則比較小。有些傢伙只要經過巧妙地說服，就能輕易克服那種障礙……」

以我的耳朵好不容易才能聽見的音量這麼呢喃完，亞魯戈就一口氣把酒杯裡近半的啤酒一口氣喝光。

亞絲娜跟莉庭還有我都一樣很難想出該說什麼。亞魯戈雖然表示「巧妙地說服……」，但是進行說服的傢伙又是如何跨越自己心中的障礙呢？還是說，是打從一開始就沒有那種障礙的人呢？

——It's show time。

突然覺得耳邊聽見這樣的呢喃聲，嚇了一跳的我身體整個緊繃。結果就像是感覺到我的戰慄一般，身邊的亞絲娜以沉穩的聲音說：

「……亞魯戈小姐，真的給我們上了一課呢。」

接著又聳聳肩，以惡作劇般的口氣加了一句：

「但很遺憾的，我好像不屬於任何類型。」

雖然想說「確實如此」，但是基本上亞絲娜算得上遊戲玩家嗎——當我這麼想時，亞魯戈就發出咿嘻嘻的笑聲。

「那我就為小亞獻上第五種類型吧。『Progressor』，妳覺得如何？」

「「「Progressor？」」」

三個人同時歪起頭來。

「Progress……是前進的意思吧。要往哪裡前進呢？」

「當然是應該前進的方向嘍。」

當亞魯戈對亞絲娜的問題做出故弄玄虛的答案時，剛好跟從下方傳來的細微歡呼聲重疊在一起。第五場比賽似乎開始了。

「莉庭小姐，要回去嗎？」

如此詢問莉庭後，她思考了一下就回答：

「不了……如果贏了，應該會來這裡兌換獎品。我就在這裡等吧。」

「這樣啊。那麼，我們差不多該走了。」

「咦，你不想知道結果嗎？」

「十萬枚籌碼的劍在眼前被拿走的話，桐人會羨慕到大哭喲。」

亞絲娜以一派輕鬆的表情這麼說完，莉庭與亞魯戈就發出輕笑與奸笑，我便急忙辯解道：

「我……我才不會哭哩！最多只會懊惱地跺腳。」

「那樣就夠難看了。」

亞絲娜露出受不了的表情並且站起身，我跟著也站了起來，亞魯戈則依然坐在莉庭旁邊。

「我留下來看結果吧。你們先回旅館。」

「那等一下見嘍。莉庭小姐，謝謝妳告訴我們這些事情。」

「別客氣，我也很開心。」

亞絲娜笑著對兩個人揮手，我也開合了一次左手就離開吧檯。再次從樓下傳來漣漪般的歡呼聲。不愧是最後一場比賽，現場似乎相當熱絡。

「……真的很想看的話，我可以陪你喔。」

由於朝著大門走去的亞絲娜這麼說著，我就稍微露出苦笑。

「不了，我們走吧。聽完妮露妮爾小姐所說的話後，感覺也無法盡情享受比賽了。」

「確實是這樣……對了，桐人，那個女孩子……」

由於她說到這裡就停了下來，我便朝旁邊瞄了一眼。但是亞絲娜緩緩搖搖頭，說了句「算了，沒什麼」。

四十分鐘後，我和亞絲娜從回到Amber moon Inn的亞魯戈那裡得知ＡＬＳ與ＤＫＢ都賭輸最後一場比賽，幾乎失去了至今為止贏到的五萬枚以上的所有籌碼。

8

就像原本肆意飄動的棉毛被風吹落般突然醒了過來。

把沉重的眼瞼往上抬了兩公釐左右來確認現在的時刻。凌晨兩點——上床睡覺到現在才經過兩個小時。

我在現實世界時不是那種能夠熟睡的人，但很不可思議的是在艾恩葛朗特卻能夠深沉地睡去。明明被囚禁在死亡遊戲裡卻能睡得著，這一點連我自己都感到不可思議，但或許是白天的攻略讓腦部感到疲憊，又或許是妨礙睡眠的多餘感覺被阻絕了，也可能是……雖然不想承認，但可能是這個世界太舒服了吧。

所以像這樣毫無緣由地醒過來是很罕見的情形。由於把起床的鬧鐘設定在早晨六點，所以必須好好地再睡四個小時來為從早開始的攻略做準備……這麼想的我閉上眼睛的這個時候。

身體感覺到些許搖晃感，讓我繃起臉來。

看來會清醒都是這個晃動害的。是風、地震還是海嘯，又或者是艾恩葛朗特掉下去了呢？

「桐人，快起來啊。」

耳邊突然聽見這樣的聲音，我忍不住發出「呼哦？」的叫聲並且差點跳起來。但是身體往上抬五十公分左右額頭就猛烈撞上某樣東西，紫色的閃光華麗地爆散開來。

「「好……」」

兩道這樣的聲音重疊在一起。

頭部再次落到枕頭上的我，不停地眨眼試圖讓雙眼的焦點能夠對上。

站在床鋪右側，以雙手按住額頭的正是我的暫定搭檔。這個世界雖然沒有痛覺，但是直接面對應該會發生疼痛的事象時，腦袋就會創作出疼痛的幻覺。雖然NERveGEAR擁有連這樣的幻覺都能減輕的系統，但還是無法消除出乎意料而反射性感覺到的疼痛。

因此我跟亞絲娜就忍耐著猛烈碰撞的餘韻好一陣子，然後才再次面面相覷。剛才晃動的源頭，應該不是地震或者強風而是這個人吧。

「……那個，妳到底在做什麼……？」

畏畏縮縮地這麼問完，細劍使就繃著臉回答：

「因為叫了桐人好幾次你還是不起來啊。沒辦法的我只能出手搖你，結果你突然間就跳起來。」

「真……真是抱歉喔……那麼，為什麼要叫我起來？」

「因為想早點出發。」

「啥……？」

還以為是我看錯時刻於是急忙再確認一遍，結果果然是剛過凌晨兩點。從窗簾的縫隙照射進來的微白光線，無論怎麼看都不是朝陽而是月光。

「……怎麼說也太早了吧？」

「是沒錯啦……但想了許多事情，結果就睡不著了。」

如此自言自語完，亞絲娜就在床鋪邊緣坐下。單薄的藍色睡衣，在月光照耀下發出濕濡般的亮光。

「……祕鑰任務在我們前往黑暗精靈的據點前都不會開始。腦袋裡明明知道這一點。但是基滋梅爾不是光靠一個按鍵就能停止的程式。在我們到訪之前，她就必須獨自一人在據點等待故事再次展開……」

「……說得也是。」

再次撐起上半身後，我就點頭表示同意。

亞絲娜之所以會這麼想，一定是跟第六層和第七層裡那些高度的感情表現與思考能力完全跟真人沒兩樣的ＮＰＣ們接觸過的關係吧。米亞、賽亞諾、布乎魯姆還有琪歐與妮露妮爾。他們全都拚命活在艾恩葛朗特這個創作出來的世界裡。當然基滋梅爾也是一樣。

讓四把祕鑰被墮落精靈奪走的基滋梅爾，雖然不至於淪落牢獄，但應該也不會受到厚遇吧。如果她處身於艱辛的狀態，想盡快再次開始「六把祕鑰」任務，讓她從痛苦當中解放出來也是理所當然的事。

——但是。

「不過亞絲娜都沒睡吧？在夜間且睡眠不足的情況下在未知的練功區移動很令人不安……至少也得睡個一個小時比較好吧？」

亞絲娜緩緩搖頭否決了我的提案。

「沒辦法。這是實在睡不著的狀況。」

「實在睡不著嗎……」

我能理解那種感覺。在SAO之前就經歷過無數次越是想著得快點睡，意識就越是清醒的經驗了，當然之後也有好幾次同樣的經驗。

想著「沒辦法了，只要我多注意應該就沒問題」，接著準備表示「那立刻出發吧」的前一刻。

「……不過，或許可以小睡片刻吧。」

由於亞絲娜如此表示，我就暫且先合上張開的嘴後才再次開口說：

「那麼，一個小時後在客廳集合……」

但是在我把話說完之前，亞絲娜就整個人往右倒。在側躺的姿勢下直接把腳抬到床上，將一顆枕頭拉過去枕在頭部底下後就再也沒有動作了。

「…………」

別在這裡睡請回自己房間吧——我把這句話吞了回去。睡不著的人有了睡意的話，阻礙其睡眠可以說是罪大惡極的行為。

而且也不是第一次在至近距離下跟亞絲娜一起睡覺了。組成搭檔來攻略遊戲的話，就有可能會有在練功區睡同一個床墊野營的時候，必須習慣這種情況才行。

跟發出細微鼻息的亞斯娜拉開十公分左右的距離，重新把起床時間設定為凌晨三點後，我也躺到了床上。

十秒鐘後，我就在沒有出聲的情況下呢喃了一句「這是實在睡不著的狀況」。

9

一月六日，上午三點十分。

恢復成通常裝備的我與暫定搭檔，並肩從窩魯布達的中央階梯往上爬。

左右兩邊的店鋪門戶緊閉，路上看不到半個人影。開了許多可疑酒館的西階梯應該還很熱鬧吧，另外也感覺可以發現深夜限定的任務開始點，但現在不是節外生枝的時候。

雖說比預定時間提早了三個小時出發，但今天的攻略行程可以說非常緊湊。首先從窩魯布達移動到位於第七層中央的「晃岩之森」，在黑暗精靈的據點與基滋梅爾會合，在進行祕鑰任務的空檔收集二十個那索斯樹果，正午時還必須暫時回到窩魯布達。應該得中途中斷祕鑰任務，拜託基滋梅爾在據點暫時等待，不然就是得請她跟我們一起前往窩魯布達了。

即使收集烏魯茲石的工作交給亞魯戈負責，還是有許多事情要做……當我這麼想的瞬間，睡意的殘渣就開始從喉嚨深處浮上來，我跟著便「呼哇～～～」一聲打了個大大的呵欠。

下一個瞬間，身邊元氣十足地快步行走的亞絲娜就身體前傾，從斜下方窺看著我的臉。

「桐人，你比我多睡了三倍的時間，現在還想睡嗎？」

過。

「沒有三倍那麼多吧，最多只有二．五倍。」

由於沒辦法說「妳在同一張床上睡著了，我沒辦法熟睡啦」，於是我便反問來將事情帶過。

「妳明明才睡一個小時，為什麼那麼有精神呢。」

「嗯……感覺一個小時就神清氣爽了。」

「……小的甚感欣喜。」

以時代劇的口氣回應後，亞絲娜也回了一句「免禮」。之所以有點亢奮，應該不是睡眠不足，而是期待馬上就能再次跟基滋梅爾見面的緣故吧。

當然我也很期待。不過艾恩葛朗特的攻略也來到第七層。從第三層開始的精靈戰爭活動任務將在第九層完結。能跟基滋梅爾一起冒險的時間最多也只剩下兩三個星期。

不對，就算活動任務結束，只要到第九層的城堡就隨時能見到基滋梅爾才對。所以不必說出對亞絲娜的心情澆冷水的發言。在被囚禁在死亡遊戲的這個狀況下，能夠找到貴重的期待的話就必須加以珍惜才行。

在我這麼想的瞬間，感覺腦袋角落似乎就聽見亞魯戈「咿嘻嘻」的笑聲，我的身體便為之抖了一下。雖然給在寢室睡死了的她留下了紙條，但是白天會合之後絕對會被她調侃個一兩句。必須確實做好心理準備，偶爾給她來個解氣的反擊才行。

當我模擬著對中二男生來說難易度相當高的各種對話，但是又都覺得不妥時，亞絲娜就再次對我搭話。

「話說回來，凜德先生和牙王先生不知道會怎麼樣喔？」

「妳的意思是？」

「最後一場比賽賭輸了，因此失去所有的財產對吧？」

「不至於失去所有的財產喔。」

我邊苦笑邊回答：

「根據莉庭所說，ＡＬＳ一開始賭的應該是一萬一千珂爾。雖然的確是一大筆錢，但是ＤＫＢ要跟我們買公會旗時，可是開價三十萬珂爾喲。ＡＬＳ應該也有差不多的資金，輸了一萬一千左右也只會當成繳學費然後就此死心吧？」

「繳學費……」

亞絲娜重複了一遍，接著以陰沉的表情呢喃：

「也就是說，把必勝祕笈賣給凜德先生跟牙王先生的ＮＰＣ大叔是騙子嘍？」

「和騙子有點不一樣吧……必勝祕笈好像只要一百珂爾，白天跟晚上的比賽加起來有九場比賽預測正確。應該是用那九場比賽來取得信任，然後讓人在最後一場下大注才一次把錢捲走的策略吧。也就是說並非騙子，而是賭場方的間諜吧。」

「嗯……」

聽完我的說明後似乎仍無法接受，亞絲娜把脖子歪向另一邊。

「但是怪物鬥技場跟輪盤還有撲克牌不一樣，賭金是由客人之間互相爭奪對吧？妮露妮爾小姐不是說賭場這邊的收入只有一成的手續費。所以不論牙王先生他們輸了幾萬珂爾，賺錢的也是其他客人，賭場這邊應該沒有任何的得失吧？」

「一點都沒錯。」

我對她強大的理解力感到驚訝並且點了點頭。

「所以如果我的想像沒錯的話，客人裡面應該也有賭場的人混進去吧。下注在跟牙王他們相反的怪物身上，那邊獲勝的話就能大賺一筆了。」

「太狡猾了！」

表明再直接也不過的感想之後，亞絲娜又接著說「但是……」。

「那不就表示可以控制比賽的勝負嗎？這種事情，除非兩邊的怪物調教師……也就是柯爾羅伊的巴達恩先生與妮露妮爾小姐攜手合作才辦得到吧……？」

「不，我看不見得喔。」

幾秒鐘前也有同樣想法的我，一邊整理思緒一邊表示：

「只有一方作弊的話，雖然很難百分之百勝利，但可以刻意落敗。比如說選擇指定等級中最弱的怪物、賽前餵毒令其虛弱之類的……使用這樣的手法，再把自身陣營的怪物會贏的預測寫到必勝祕笈上，相信祕笈的牙王他們就會賠一大筆錢了。」

「就算是這樣還是很可疑。因為必勝祕笈也記載了之前九場比賽的預測而且全部命中了吧？柯爾羅伊的怪物應該不可能全敗，要有幾場獲勝才行…………啊。」

面對說到這裡就停下來的亞絲娜，我緩緩點頭說道：

「嗯，在那之前的比賽也為了獲勝而作弊。其中之一就是赭色野犬的換色機關。我們雖然沒有看見，但是其他場獲勝的比賽，柯爾羅伊家應該也使用了某種作弊手段才對。這種方法的話，不只是獲勝比賽的一成手續費，連輸掉的比賽都能賺錢。」

「…………也就是所有比賽嗎，嗯……像這種情況應該怎麼說呢……只有一邊作弊的講法……」

「單方面刻意輸掉比賽的話應該是放水，但柯爾羅伊家同時也靠作弊贏得比賽了。」

「對喔……嗯，總之絕對饒不了他們。妮露妮爾小姐那麼努力在盡自己的責任，柯爾羅伊家卻只想靠著作弊來賺錢。」

面對憤慨的搭檔，我原本打算開口說「包含這個部分也是任務的設定啦」，但最後一刻又把話吞了回去。

如果是一個月前的我，應該會認為尚未見過的巴達恩．柯爾羅伊也是按照現實世界創作這個任務的某個人所寫的劇本行動而已。但是基滋梅爾、米亞以及賽亞諾就不用說了，連從我們這裡奪走四把祕鑰的墮落精靈副將軍凱伊薩拉也完全像是以自己的意志在行動。所以說不定巴達恩也只被賦予狀況，除此之外的事情都是他自行選擇並且做出決定。

妮露妮爾曾經說過，「現在的巴達恩，為了購買剩餘不多的生命而專心撈錢，眼裡看不見任何其他的事情」。如果那不單純是角色設定，他為什麼會那麼害怕死亡呢？然後用錢買命具體來說又是什麼意思呢……？

「啊，桐人。是出口喔。」

聽見這句話而抬起臉，就看到正面有一扇小型的門。不知道什麼時候已經爬完中央階梯，來到窩魯布達城的北門廣場。

明明是深夜大門卻還是開著，左右雖然能看見衛兵的身影，兩個人卻看起來很睏，腦袋正不停地搖晃著。也難怪他們會這樣，因為不論他們是否認真守門，在練功區徘徊的怪物都會遭到系統障壁阻礙，絕對無法進到城市裡面。某方面來說，沒有比這更加空虛的工作了。

或許是出現這樣的想法吧，當我經過衛兵們前面時，下意識中對他們說了一句「辛苦了」。結果其中一名衛兵仍處於假寐狀態，另一個則抬起頭來回答「夜間的道路很危險，要小心喔」。亞絲娜聽見後就笑著回應了一句「謝謝」。

鑽過瀟灑但堅固的大門來到城市外。視界中央浮現「Outer Field」的文字列然後消失。

吸了一口吹過眼前草原的夜風，全力伸了個懶腰之後，亞絲娜就以納悶的表情說：

「桐人是會跟城鎮的衛兵打招呼的人？」

「沒有啦，嗯，偶爾會吧……」

「這樣啊。剛才那個人一瞬間嚇了一跳喔。一定是以為打瞌睡挨上級的罵了。」

看著輕笑的亞絲娜，我就想著今後也要盡量跟衛兵打招呼，同時開始朝月光照耀下的道路走去。

艾恩葛朗特第七層基本上南側是草原地帶，北側則是山岳地帶。從主街區前往迷宮區的道路呈極大的彎曲並且通過其中一邊，所以大部分的玩家——以及ＮＰＣ都沒踏足至中央部。

或許是因為這樣吧，從窩魯布達筆直往北的道路，其鋪設的石板已經開始龜裂，最後變成紅土整個露出的狀態。這樣的道路在下雨時翻倒判定將會變得嚴格，不過應該暫時不用擔心才對。

取代白天出現的蜜蜂與槍甲蟲，目前出現的怪物是蛾與鍬形蟲類型，我們就一邊擊敗這些怪物一邊慎重地前進。記得現實世界裡面的獨角仙也是夜行性昆蟲，但實在無法從體長達五十公分的昆蟲身上要求生物學的正確性。

走了三十分鐘左右，練功區的樣子開始產生變化。

覆蓋平緩山丘的短短草皮漸漸變長，樹木的數量也開始增加。最後前方有兩棵特別高大的闊葉樹像要夾住小徑般聳立著。

突然間有陣暖風迎面吹來，兩棵樹……晃動著樹葉發出沙沙聲。完全是「前面很危險！」的演出。就算不是死亡遊戲，也沒有玩家看到這些演出還不謹慎小心的吧。

原本為了警告亞絲娜而張開嘴巴，結果搭檔卻早一步開口發言。

「是響楊。」

「……什……什麼？」

第七層有那種怪物嗎，應該說是在哪裡……我邊這麼想邊迅速環視周圍，但感覺不到敵人的氣息也看不見紅色浮標。繼續左顧右盼之後，亞絲娜就以傻眼的聲音表示：

「不是怪物，是那種樹的名字。」

「咦……」

我再次抬頭看向兩棵像是門房的樹並且開口詢問：

「那種樹叫做響楊嗎？是現實世界也有的植物？」

「是也有的植物。因為葉子的密度相當高，風一吹就會發出很大的聲音。所以才叫響楊……或許毛白楊這個名稱較為人所知吧。」

「啊，這個我好像也聽過——話說回來，長在第四層的約費爾城裡頭的樹，亞絲娜也說中樹名了。」

「那是基滋梅爾先告訴我那是杜松樹。我也只是說了杜松樹的日文名稱是刺柏而已。」

如此回答的亞絲娜嘴角浮現出微笑，但是立刻就消失了。應該是還在擔心基滋梅爾吧。我雖然也很想趕路，但接下來除了怪物之外還有其他危險在等待著我們。

「那個……關於前面的『晃岩之森』，有件事情得特別注意……」

「岩石會搖晃對吧。」

被搶先這麼一說，我也只能點頭了。

「沒錯，正是如此。」

「抱歉抱歉。」

苦笑的亞絲娜拍了一下我的右臂。

「岩石會搖晃，具體來說是什麼樣的情形？」

「這個嘛……」

在空中用雙手做出球體，盡可能用上我所有的語彙能力來說明。

「晃岩之森呢，地面是溼地所以很難行走，有時也會有很深的地方。該處有一條岩石排列而成的道路經過，但那些岩石偶爾會劇烈晃動。岩石上到地面只有兩三公尺，下面又是濕地所以掉下去也幾乎不會受到傷害，但要回到岩石上相當困難，走下面的濕地又……嗯，總之仔細看就能分辨出會搖晃的岩石，所以就小心一點來前進吧。」

說明結束就準備往前走去，結果亞絲娜這次換成用力抓住我的右臂。

「等一下。」

「啥……啥啊？」

「你剛才省略了一些東西吧。『走下面的濕地』後面本來還有話要說吧？」

「…………這個嘛……」

我不由得吞吞吐吐起來，但我早就學習到在這種情勢下不可能瞞過我的搭檔了。

「那個濕地的水裡，除了剛才所說的無底洞之外，還有半透明且軟綿綿輕飄飄，像是海蛞蝓般的傢伙……妳知道海蛞蝓嗎？」

「…………不知道。」

亞絲娜以意味深遠的表情做出否定後，我就拍了一下她的左肩。

「那就等回到現實世界再搜尋一下吧。只要不從岩石掉下去就不會有任何問題。」

「…………我會的。」

對點頭的搭檔露出微笑，這次我真的重新開始邁開腳步。

穿越兩棵響楊並排的空間並且越過略高的山丘之後，就能看見前方出現漆黑的樹林。那座森林中央有黑暗精靈的城堡。敵對的森林精靈的據點在樓層西北部外圍附近，必須穿越艱險的山路才能抵達，那邊也是相當難走的路，但我們當然沒有必要經過。

時間是凌晨四點。距離天亮還很遙遠。

亞絲娜可能也有同樣的想法吧，走在旁邊的她開口表示：

「森林裡面似乎很暗耶。拿出火把比較好吧？」

「不，我想……不需要。」

「為什麼？」

「進入森林後妳就知道了。」

聽見這個回答的亞絲娜像是感到不滿般噘起嘴巴，但在踏入森林後這樣的情緒就消失了。

我們一路闖過的維魯提亞草原與晃岩之森的境界線，是現實世界不可能存在的顯眼地形。走下山丘，前方是高應該有二十公尺且連綿不絕，像是牆壁一般的樹林，該處宛如迷宮入口般的間隙正打開漆黑的大嘴。小徑就被那個間隙吸了進去，前方完全看不見亮光。

「……果然還是需要照明吧？」

「先別急嘛。」

邊安撫搭檔邊走下坡道後直接闖進樹木的間隙當中。背後的月光立刻遠離，連兩公尺前方都看不見的黑暗包圍住我們。氣溫也明顯下降，夏夜的悶熱感完全消失。

幾乎所有玩家這時候就會點著火把或者燈籠了吧。我在封測時期也是這樣。但這次則忍受著黑暗帶來的原始恐懼，持續走在樹木包夾的窄路上。

最後我們的腳步聲從走在乾土上的沙沙聲變成「喀喀」的堅硬聲音。地面變成岩石了。夾雜在兩道腳步聲中的聲響是潺潺的流水聲。

「…………啊。」

亞絲娜發出細微的叫聲。前方亮起朦朧的淡綠色光芒。靠近之後發現發光的是長在樹幹上的幾株菇類。現實世界也有夜光茸這種會發光的菇類，但這裡的比它大了一些，光芒也更強。

在發光菇類前面停下腳步的亞絲娜，以指尖輕觸了一下像燈泡般圓滾滾的菇傘。出現的視窗顯示著「送火茸」的固有名稱。

「送火茸……是現實世界沒有的菇類吧？」

聽見回過頭來的亞絲娜提出的問題，我就輕輕點頭。

「就我所知是這樣。」

「送火是盂蘭盆節結束時點的火？像京都的五山送火那樣。」

「應該是吧……」

也就是說這種菇類，是為了送回到現實世界的靈魂前往冥府而發亮。雖然算不上很吉利的名字，但要是這傢伙沒有生長在這裡，攻略晃岩之森的難易度將會上升三倍。

撐起身體的亞絲娜再次發出細微的聲音。前方有兩個方才不存在的綠色光芒發出朦朧的光線。

往該處靠近後，光芒簡直就像在引導我們一樣不斷地亮起。什麼都不知道的話可能會懷疑是陷阱，但是菇類當然沒有自己的意志，也沒有遭到控制。它們只是有玩家或ＮＰＣ靠近，或者附近有同類發光就會產生反應而開始點亮的存在。

追著綠色光走了幾分鐘。左右的樹木突然中斷。送火茸的誘導燈也跟著消失，眼前有的只是一片漆黑。

「……咦，已經穿越森林了？才走不到幾分鐘耶。」

我以右手讓感到困惑的亞絲娜停下來。

「稍等一下。」

「嗯……」

兩人並肩靜靜站在現場——

右斜前方就有送火茸的光亮起。

對此產生反應，稍遠處有一簇菇類發光。發光的連鎖毫不間斷，最後成為像是星空一般的規模，蒼綠色光芒照耀著廣大的空間。

「哇啊……！」

由於大叫的亞絲娜往前跨出一步，我便急忙抓住她上衣的衣角。

在眼前擴展開來的，是由許多參天巨木與其枝葉所構成的天然迴廊。寬與高大約三十公尺，光用目測無法得知有多長。我們所站的是上部平坦的柱狀岩石，三公尺左右下方的地面被清澈的水以及水生植物覆蓋。從巨樹樹梢緊密地重疊在一起形成的天篷垂下許多藤蔓，還可以看到大型的蝴蝶緩緩穿梭於藤蔓的縫隙之間。

由相連岩柱形成的小徑蜿蜒在流水與樹木的迴廊正中央往前延伸。這樣的環境在送火茸的綠光照耀下就像是幻境一般。

搭檔直接默默佇立在現場，我放開她的上衣之後，就從道具欄取出火把。注意到這一點的亞絲娜以納悶的表情詢問：

「咦……既然這麼亮了，就不需要了吧。」

「嗯，妳看就知道了。」

點了一下左手拿著的火把，從選單選擇點火。

橘色火焰燃燒起來的瞬間，最近處的一群送火茸就失去燐光。這個現象急速連鎖，照耀迴廊的綠光不到十秒鐘就全部消失了。視界覆蓋在濃密的漆黑當中，靠不住的火把光芒只能照到數公尺前方的石柱。

「原來如此……送火茸只要有其他光線就不會發光對吧。」

亞絲娜呢喃完，我就擊點拿著火把的手附近並且回應：

「正是如此。所以在森林入口就立刻點亮照明的話就一直不會注意到菇類會發光，得在這樣的黑暗下突破這座森林。嗯，當然那也不是絕對辦不到的事情啦……」

從打開的視窗按下熄燈鍵後，火焰就急遽變小然後突然消失。

幾秒鐘後，最近的一簇送火茸就發出綠色燐光。發光現象安靜但相當迅速地擴散，最後淡綠色光芒再次照耀整座迴廊。

把火把收回道具欄的我，指著從兩人腳邊排成一列往前延伸的岩柱。

「……然後呢，這就是迷宮名稱由來的『晃岩』了，大概是……嗯，七個裡面有一個會搖晃的比例。」

「你說搖晃，大概是怎麼樣的程度？」

由於亞絲娜邊以腳尖踢著現在站著的石柱邊這麼問，我就試著回想封測時期的感覺。

「嗯……還不到『喀啦！』的程度。大概就『咕啦』或『嘰啦』那樣吧。」

「…………別用狀聲字。」

「嗯～～……大概是知道會搖晃的話，只要保持平衡就能夠站穩腳步了。」

「要怎麼分辨會搖晃的岩石呢？」

「很難用言語來說明，我讓妳看實際的差異吧。」

如此回答完，我就移動到下一顆岩石上。亞絲娜畏畏縮縮地跟了上來。

圓柱狀的岩石，高度從水面算起統一為大約三公尺左右，但是粗細就有很大的差異。較小的岩柱，上面的直徑約五十公分，大的則有一公尺以上。但麻煩的就是並非越大就越安定。

「這個沒問題……這個也沒問題……」

我一邊出聲一邊跨出腳步從這個柱子移動到下一個柱子。第五根、第六根，然後到了準備踏到第七根柱子的時候。

「哎呀，就是它了。」

把準備往前踏的腳收回來後，我就蹲了下來。

「來，妳看這裡。」

我指的是柱子與柱子的接縫。至今為止的柱子，接觸部分都確實地互相卡在一起，但第七根柱子卻稍微分開。縫隙僅僅只有三公分左右，不從正上方仔細窺看的話就無法注意到。

「像這樣跟其他柱子有些分離的傢伙就是『晃岩』了。當然還有其他分辨的特徵，不過是非常微妙的差別，所以還是以縫隙來判斷比較確實。」

「……知道了。」

「那麼由我先過去，妳看一下我維持平衡的方法。」

「真……真的沒問題嗎？」

「別擔心。」

在心中加了一句「應該啦」之後，就稍微攤開雙手並且右腳往前跨。

晃岩的直徑大概是七十公分左右。把靴子底部放到岩石中心線上，慎重地踩了上去。當一半體重加到上面時，就有岩石稍微右傾的感覺。要比喻的話，大概就像只是稍微打進鬆軟地基的木樁……不對，或許那就是搖晃的原因吧。

微調整重心，最後一口氣把所有體重放到右腳上。岩石雖然微妙地持續晃動，但不至於朝某個方向整個傾倒。集中在全身的神經上來保持平衡，慢慢地跨出左腳來放到中心線上。接著把體重移到左腳，抬起右腳移動到下一根石柱。

「喲……」

連左腳都拉回來後，我就長長地呼出一口氣。封測時期已經熟練到可以輕鬆地渡過，但是僅僅四個月似乎就遺忘了竅門。之後應該還要經過好幾次，於是便下定決心重頭開始練起。

「原來如此。你把那邊讓出來。」

聽見在兩根柱子前方的亞絲娜這麼說，我就前進到下一根柱子前方然後轉過身子。

「過得來嗎？」

「重點是要把體重放到中心線就可以了吧。」

看起來一派輕鬆般如此回答完，亞絲娜就把左腳放到晃岩上。

也就是說我的慣用腳是右腳，而亞絲娜則是左腳嗎……當我想著這些事情的期間，亞絲娜流暢地交互運動雙腳，從旁看來岩石完全沒有晃動就渡過石柱。在我站立的岩石中央停下來後露出燦爛笑容。

「剛才的動作你打幾分？」

「應該有九十九分。」

「……扣一分的理由是？」

「比老師還要厲害。」

聽見這個答案後，亞絲娜就用鼻子輕哼一聲然後看向下一根石柱。

「咦……下一根也是晃岩？」

「嗯……啊，真的耶。」

低頭看向腳底，發現我們站著的柱子跟下一根柱子之間有些微的縫隙。

「不是說晃岩的比例大概是每隔七個會有一個嗎？」

「那……那是平均來說啦。有像這樣聚集在一起的地方，反過來說也有好一陣子都沒出現的地方。」

「我知道——那我要先過去嘍。」

「請吧請吧。」

我橫移了兩步，抬頭看向迴廊的天蓬。

這座「晃岩之森」的怪物出現率相當低，但並非完全不會出現。偶爾會從天蓬飛降下巨大蜉蝣、巨大竹節蟲或者巨大天竿魚，那個時候如果剛好要渡過晃岩就會感到有點焦急。

但是目前上空只有幾隻屬於非主動怪物的巨大蝴蝶在悠閒地拍著翅膀。把視線移回來後，看見亞絲娜這次也以平穩的腳步通過晃岩。

四步渡過比剛才更大的岩石，輕跳到下一顆岩石——這個瞬間。

「————！」

我正打算大聲警告，但在最後一刻打消了念頭。讓對方嚇一跳會造成反效果。只能祈禱她能自己發現了。

發現下一根柱子也是晃岩。

隨著「咚咚」的輕快腳步聲一起著地的亞絲娜，可能是為了我而準備讓出空間吧，只見她大大往右跨了一步。瞬間岩石整個傾斜。

「亞絲娜！」

這次真的開口大叫的我，聲音跟「咦？」的驚叫聲重疊在一起。

亞絲娜拚命想停留在原地，但還是在傾斜二十度以上的岩石上失去平衡，直接被拋到空中。

心臟整個緊縮，手腳瞬間變得冰冷。但現在還不要緊。底下是水深不到五十公分的溼地，掉落的傷害會被吸收，也沒有溺水的危險。希望不要那麼倒楣，掉落的地點剛好就是無底洞。

雖是完全出乎意料的發展，但亞絲娜並沒有發出悲鳴，她在空中控制姿勢，從伸直的雙腳掉入水中。隨著「咚噗」的輕微水聲彎曲雙膝來吸收衝擊。顯示在我視界的ＨＰ條連一像素都沒有減少。

「…………呼……」

鬆了一口氣之後，我就呼喚搭檔。

「亞絲娜，妳沒事吧？」

細劍使維持著地的姿勢靜止了一陣子，然後才緩緩站起來往上看著我。

「……是沒事啦，但是臀部弄濕了。」

「這……這樣啊。從水裡面出來馬上就會乾了。我現在就把繩子放下去，妳在那裡不要動喔。」

「了解。」

以左手對繃著臉豎起大拇指的亞絲娜做出同樣的手勢，並且以右手打開視窗。

我在封測時期至少有三次從晃岩上跌落。獨行的話想回到柱子上就只能先回去迴廊入口，然後從陡峭岩石上鑿出的狹窄樓梯爬上去。但是組隊的話，就可以讓搭檔把自己拉上去了。

將即使吊著三名全裝備玩家也不會斷裂的「女郎蜘蛛絲製繩索」實體化，然後準備將結成環的前端朝亞絲娜丟去——就在這個時候。

「咿咿！」

發出細微聲響的亞絲娜，把雙臂緊貼在胸前，然後整個人筆直地站著。

「怎……怎麼了？」

「剛……剛才，有東西碰到我的腳……」

我急忙從岩石上探出身體來注視亞絲娜的腳邊。靠送火茸的燐光要渡過晃岩橋是綽綽有餘，但是亮光無法照到濕地的水中。

即使如此我還是盡力瞪大雙眼來瞪著晃動的水面，結果看到輕飄飄的影子通過亞絲娜的靴子附近。下一刻，顏色浮標出現。顏色是相當淡的粉紅。專有名稱是「Ｈｅｍａｔｏｍｅｌｉｂｅ」。

稍微呼出一些憋住的氣息後，我再次開口叫道：

「亞絲娜，不要動！那種怪物雖然噁心，但只有一隻的話幾乎沒有危險！」

「什麼叫幾乎……哇咿！」

之所以變成用怪聲做結尾，是因為怪物開始蠕動著從亞絲娜的右腳往上爬。

那是全長五十公尺左右的細長軟體生物。身體是半透明，透過身體可以看見中央部的黑色消化管。背上並排著幾對飄動的突起，頭上還伸出無數不停動著的觸手。

「等……不行不行不行不行！」

亞絲娜全身後仰到界限並且發出悲鳴，但沒有自己把它扯掉。不對，是辦不到嗎？不論如何，現在只能請她忍耐了。

封測時期，在第七層首次遭遇這種怪物後，我就搜尋了Hematomelibe這個名字。雖然沒有完全一致的單字，但是中途將其分割開來大概就能知道意思了。Melibe是海參的一種學名，Hemato則是表示血的接頭詞。直接翻譯過來就是「吸血海參」。

繼續搜尋就發現，真正的海洋裡存在著剛才告訴過亞絲娜的一種名為「海蛞蝓」的海參。艾恩葛朗特的吸血海參就是模仿那種海蛞蝓所做出的命名吧。而且也賦予與Hemato這個接頭詞相符的意思。

「不行不行！不行啦——！」

亞絲娜大聲喊叫時，蠕動著從她右腳爬上去的巨大海參就在膝蓋上方十五公分左右的地方停下來。從頭上長出來的無數觸手，像在檢查靴子與裙子之間的大腿一樣爬動。

「呀……」

「再撐一下！那傢伙只會吸點血而已！」

但我這樣的激勵完全造成了反效果。

「咪……咪呀啊啊啊啊啊啊啊！」

亞絲娜迸發響徹迴廊每個角落的尖叫，右手一把抓住吸血海參的背部就用力將其扯下，然後朝著眼前的石柱猛力砸去。

半透明的身體隨著「啪嚓！」的恐怖聲音破裂了。稍微可見的消化管也斷裂，從裡面滴下紅黑色濃稠黏液並溶在水裡。下一刻，殘留在岩石上的噁心殘骸就變成藍色碎片四散開來。

吸血海參在第七層出現的怪物裡面是壓倒性的弱。防禦力幾乎是零，ＨＰ只有一丁點，攻擊手段也只有緩慢的吸血。除了極度的不快感，根本是不足為懼的對手——不過這是在只有一隻的情況下。

「糟了……」

我一邊如此呢喃一邊毫不猶豫就從柱子上跳下去。發出比剛才的亞絲娜還巨大的水聲後著地，然後呼喚呆立在現場的搭檔。

「亞絲娜，妳沒事吧？」

「呃，嗯……」

點頭的細劍使眨了兩次眼睛後才皺著眉頭表示：

「倒是……連桐人都跳下來的話，誰要把我們拉上去啊？」

「從入口重新來過。快點回去吧！」

抓住亞絲娜的右手轉過身子的我，忍不住咂了一下舌頭。水面稍微上方處有三個淡粉紅色浮標像滑行般朝這裡靠近。當然其正下方的水面下存在新的吸血海參。

「桐人，從右邊……還有後面都過來了！」

亞絲娜的聲音讓我放開抓住的手。

「剛才死掉的傢伙的血把牠們吸引過來了。停止移動，在這裡戰鬥吧！」

「但是只要打倒眼前的三隻……」

「沒辦法準確地瞄準在水裡的吸血海參。時間拖久了會被幾十隻爬到身上，然後因為重量而爬不起來。如此一來，就算在這樣的淺水中也有溺死的危險。」

以極限的速度說明完後，亞絲娜也沒有再反對，只是回答了一聲「了解了」。

兩個人同時拔劍，背靠在相連的石柱上站著。這樣來自吸血海參的攻擊就只剩下三個方向了。

「這些傢伙因為同伴的血而陷入興奮狀態了，所以會從水裡跳起來試圖直接貼在我們身上。趁那個時候依序幹掉牠們。只有複數同時過來時才使用劍技。」

「了解了！」

亞絲娜再次這麼說完的下一刻，我的正面與亞絲娜的右斜前方的水面就啪嚓一聲裂開。

我以斜向斬擊，亞絲娜則以直向突刺來迎擊背上的突起像翅膀一樣攤開後飛撲過來的吸血海參。通常技的一擊輕鬆地切斷脆弱的軟體，掉落到水面後飛散成藍色多邊形。

再次有兩隻吸血海參同時跳起。這次也順利地將其斬落，不過這時亞絲娜低聲呢喃著：

「這些傢伙，如果會被伙伴的血吸引過來，那不是會越殺聚集越多？」

「正是如此……喲。」

我的左邊有兩個浮標連續跳起。冷靜地看著同時襲來的兩隻吸血海參的軌道，以單發直斬技「垂直斬」把牠們轟飛。下一刻，也有一隻朝亞絲娜撲去，但是被她用疾如流星的突刺技粉碎了。

本來對上吸血海參這樣的軟體怪物，最有效的是打擊屬性武器，效果依斬擊、突刺、貫穿這樣的順序變弱。我現在的愛劍「日暮之劍」是斬擊屬性，所以還算有效，但亞絲娜的「騎士細劍」是突刺屬性，所以一般來說通常技的一擊很難確實將其殺害。

但是原本性能就很高的騎士細劍經過黑暗精靈鐵匠強化成＋7，讓這把在第三層入手的武器，即使來到第七層還是發出難以望其項背的攻擊力。被直向貫穿的吸血海參，在空中變成圈圈並且被彈飛就是最好的證明。而且這把細劍還剩餘多達八次的強化次數。

如果全部成功達到＋15的話，到底會變成什麼樣呢？雖然很想看看那種模樣，但是也總覺得有種不安的感覺。當然不是想像會跟亞絲娜交手的場面，但性能達到可以稱為平衡破壞者的武器，攻略集團的眾人……以及ＰＫ集團的傢伙們會放著不管嗎——

「嗚哇哇……來了好多！」

亞絲娜的聲音讓我把意識集中在溼地的水面。從遠方有超過二十個的顏色浮標往這裡靠近。

「該做的事情還是一樣！萬一要是被貼上了也不用慌張，把牠扯下來之後砸到後面的牆壁上就可以了。只要不陷入恐慌，絕對能夠存活下來！」

封測時期有過同樣經驗的我如此堅定地說完後，亞絲娜就以似乎稍微冷靜一點的聲音回應：

「了解。等一下有點話要跟你說。」

還沒時間想「到底是什麼話～」，前方的水面就連續破裂，新的吸血海參不斷飛撲過來。我直接把牠們砍碎，亞絲娜則是以直向突刺將牠們擊墜。

宛如鏡子般閃爍的細劍以閃電狀殘光點綴著微暗空間。由於突刺實在太過快速，反射光的特效尚未消失就互相連接了起來。

亞絲娜這名玩家的實力，並非只依靠騎士細劍的性能。亞絲娜自己的戰鬥技術也隨著樓層上升而完成更上一層樓的進化。目前仍因為ＳＡＯ的系統面以及與怪物相關的知識量等差異，由我指揮的場面還是比較多，但這樣的差距只要再三層——也就是攻略完第十層左右應該就會消失了吧。

每當細劍閃爍光芒，吸血海參就會在空中被分解成圓筒狀。必須正確地貫穿半透明、形狀不固定且軟綿綿海參的中央線才會出現這種情形。只有卓越的集中力與身體操作能力，以及與完全潛行技術的親和度兼具才能辦得到，真可以說是神技。

果然亞絲娜不應該只是當我這個邊緣人的攻略搭檔，是應該前往更大舞台的人才。

有了這種確信的同時，也感覺到至今為止不太明顯的猶豫，不對，應該說是執著般的感情。想一直在旁邊見證這種才能，不想交給任何人的獨占慾。在現實世界與任何人都保持一定距離，甚至連家人都頑固地疏遠的我，被囚禁在虛擬世界裡才首次了解這種感情實在是很諷刺的一件事。

即使腦袋的三成被這種思緒支配，我還是流暢地砍殺從上下以及左邊撲至的吸血海參。封測時期陷入完全相同的狀況時，雖然精神力曾被不知何時會結束的波狀攻擊削弱，但根據當時的經驗就知道打倒一定範圍內所有的吸血海參，這怒濤般的進攻就會結束，而且現在身邊還有可靠的搭檔。

戰鬥剛開始的數分鐘，原本還交互以聲音通知敵人的位置，最後也沒有這個必要。我和亞絲娜靠出現在視界邊緣的些許動作與輕微的呼吸聲就預測出搭檔的攻擊時機，互相支援對方並且持續處理從三個方向湧至的敵人。

曾幾何時連焦躁、恐懼，甚至是時間的感覺都消失，在近似出神狀態下不斷揮著劍——回過神來才發現，一時之間幾乎快掩蓋整個水面的顏色浮標，就像幻覺一樣全部消失了。

即使如此還是舉著劍，在思考停止狀態下持續站了幾秒鐘，之後才放鬆身體的力道。

一看向旁邊，發現亞絲娜的眼裡原本也浮著茫然的光芒，在眨了幾次眼睛後就看向這邊。

「…………結束了？」

「…………大概吧。」

為了慎重起見再次環視周圍後才點點頭，細劍使像要檢查握在右手的細劍劍身般盯著劍看，然後說了一句：

「幸好是很柔軟的怪物，耐久度沒有減少太多。」

「呃，嗯……是啊。結果到底打倒了幾隻呢……」

「五十隻左右我就放棄數下去了。」

在我們進行著這內容沒什麼營養的對話的期間，出神狀態的餘韻終於結束，我便用力搖了一下頭。

「嗯，總之辛苦了。Nice fight。」

伸出右拳之後，亞絲娜也以左拳跟我互碰了一下。

「桐人也辛苦了……還有，對不起。」

「為什麼道歉？」

「沒辦法按照你的指示行動。一開始的那一隻，按照你所說的靜靜不動的話，就不會吸引那麼一大群過來了吧。」

由於不知不覺間露出沮喪表情的亞絲娜這麼表示，我便急忙加以否定。

「沒……沒有啦，那不是亞絲娜害的。如果我打從一開始就把吸血海參的外表、性質確實傳達給妳知道的話……」

這時我突然想起亞絲娜戰鬥之前曾經說過的話。

「……難道妳剛才表示『之後有話要說』，指的就是這件事？」

畏畏縮縮開口詢問的瞬間，感覺——籠罩細劍使全身的溫順感就變成白色水氣蒸發掉了。

「啊……對啊，就是這件事！桐人，你一定是認為我會覺得噁心才不說的吧，但是希望你別這麼客氣了！我承認自己對噁心怪物的忍耐度很低，但我可不打算因為那樣就不繼續前進喔！」

「……也可以提及幽靈類怪物的事嗎？」

「嗯咕……」

面對我的問題，亞絲娜的喉嚨就發出塞住般的聲音並且僵在現場，最後才有點僵硬地點了點頭。

「可……可以喔。因為比沒有事前情報就突然出現要好多了……順便問一下，這裡會出現嗎？」

「會…………」

拖了三秒鐘之後，我才用雙臂比了個叉。

「出現才怪！」

亞絲娜神速揮出的左直拳，在幾乎快造成傷害的情況下轟中我的肩膀。

踩出水聲走在海參消失的溼地回到迴廊的入口，從壁面鑿出的樓梯爬回岩石露臺的我們再次挑戰渡橋。

看來晃岩的數量比封測時期還要多，也有連續兩個甚至是三個的地方，但只要謹守走正中央的基本原則，對輕裝的我和亞絲娜來說不會是太困難的機關。從上空飛下的昆蟲型怪物也靠著在穩固岩石上的人丟石頭來吸引敵人的作戰順利處理掉牠們，前進二十分鐘左右目的地就出現在前方。

「哇啊……！」

亞絲娜發出比最初看見迴廊時興奮了兩成的歡呼聲。

也難怪她會這樣。出現在眼前的是如果要編篡艾恩葛朗特百大風景一定會被採用的絕景。

我們一路從南方前進過來的迴廊，在前方與北、東、西向的迴廊會合形成了圓形的巨蛋。

然後威風凜凜地聳立在中央的是直徑足有五十公尺的超級巨樹。第三層主街區茲姆福特的怪物猴麵包樹直徑大約是三十公尺，所以從斷面的面積來看幾乎是它的三倍。

就算說樹齡有千年也足以讓人信服的威嚴巨樹，根部附近的大樹洞張開大大的嘴，其深處可以看見一扇木門。樹幹到處是無數的樹洞，從這些地方透出泛綠光芒。跟茲姆福特的猴麵包樹相同，成為空洞的巨樹內部建築了居住空間。

我小聲對呆立在現場無法動彈的亞絲娜呢喃：

「那就是第七層的黑暗精靈的據點『哈林樹宮』。」

順利渡過剩下一百公尺左右的橋後，我們跳到岩柱聚集成蜂巢狀的廣場然後鬆了一口氣。廣場左右延伸著通往其他迴廊的圓弧狀橋梁，再往前則是一顆高將近十公尺的天然樹洞張開著巨大的嘴，而它也成為哈林樹宮的正門。樹洞內部的門是由不同的木材組合成箭尾模樣，可以說門本身就是一件藝術品。

「……基滋梅爾就在那裡……」

亞絲娜這麼呢喃著，我輕推了一下她的背部說：

「我們走吧。她一定在等著我們。」

「……嗯。」

追上點完頭就邁開腳步的搭檔，同時確認了一下現在的時間。上午五點七分——雖然從窩魯布達到這裡花了將近兩個小時，但是扣掉濕地入口附近浪費的時間，確實正如妮露妮爾所說的，來回大約是三個小時左右。

任務目標的那索斯樹，應該長在濕地的某處才對。既然都要到下面去殲滅吸血海參了，也有順便尋找樹果的選項，但亞絲娜應該不希望再節外生枝，我自己也想盡快見到基滋梅爾。

快步走過岩石廣場，在哈林樹宮根部暫時停下腳步。靠到這麼近之後，往上看還能進入視界的就只有像牆壁般直立的樹幹，以及遙遠上空的一大片樹葉而已。

「……現實世界裡最粗的樹木，不知道大概是多粗喔……」

原本沒有打算要知道答案，但是亞絲娜立刻就回答了我的疑問。

「應該是墨西哥的『杜雷之樹』喔……根部的直徑大概是十五公尺左右吧。」

「您……您真是清楚……十五公尺已經很厲害了，但這個傢伙是它的三倍以上耶。」

「是啊……問基滋梅爾的話，她應該會告訴我們來歷吧？」

「應該會喔。」

一瞬間面面相覷後，我們就再次開始前進。

岩石道路從比我們還要高的兩根樹根之間通過一直延伸到正門前。道路的左右兩邊並排著同樣是木製的營火台，從頂端的籠子放射出來的光芒並非火焰的橘色而是淡綠色。他們似乎是栽培剛才那種送火茸作為光源。

最後道路被高五公尺以上的樹洞吞沒。箭尾模樣的門已經近在眼前。緊閉到毫無縫隙的兩扇門，應該是推也推不開吧。

附近也看不到衛兵的身影，和第六層的嘎雷城不同，等了一陣子也沒有任何聲音傳下來。

「咦，奇怪了……封測的時候只要靠近門應該就會打開了……」

皺著眉頭這麼一說完，亞絲娜似乎就再也無法忍耐般往前走一步，高高舉起戴在左手食指上的大型戒指——留斯拉之認證。

「我們是幫助留斯拉王國槐樹騎士團的近衛騎士基滋梅爾的人族劍士！為了與她見面而到訪此地，請開門吧！」

這是根據「任務文脈」的精彩聲明。擅自對自身搭檔作為ＶＲＭＭＯ玩家的成長覺得感動時，就響起「轟隆……」的沉重聲響。

巨大的門緩緩往左右兩邊打開。看來是迴避了吃閉門羹的狀態。鬆了口氣的我開始觀察厚重的門扉。看來不只是表面，連骨架甚至是用來開關的齒輪都是木造。由於精靈族應該不能砍活生生的樹，實在難以想像要花多少時間，才能只從枯死或者倒塌的樹木上收集到如此大量的材料。

花了十秒鐘左右門才完全打開。凝眼往內側看去，發現只有最深處有一道微弱的橘色光芒搖晃著，可以說幾乎是一片黑暗。

「奇怪……我記得裡面是超寬敞的大廳啊。」

「進去就知道了。好了，快一點！」

右手被亞絲娜拖住，我也急忙跟了上去。

鑽過打開的門踏入黑暗當中。除了後面照過來的送火茸光線好不容易才照亮的木製地板外就看不見任何東西。

只能先朝著正面能見到的那個小小光源前進了……但那應該是普通的火焰。只要點火，送火茸的光就會因為連鎖反應而消失才對。

當我感到疑惑的這個瞬間。

從左右的黑暗處伸出好幾根銳利的長槍槍尖，抵在我跟亞絲娜的胸口。

——原來如此，唯一一道火焰是為了讓大廳內的所有送火茸熄燈而點的嗎？

嚴峻的聲音打斷了我瞬間浮現的思考。

「是人族的劍士桐人跟亞絲娜吧！現在以和騎士基滋梅爾一起串通墮落精靈奪走祕鑰之罪逮捕你們！」

10

牢門關閉的聲音聽起來竟然出乎意料地平穩。

並非押送我和亞絲娜的黑暗精靈兵士們特別紳士。是因為看起來很堅固的欄杆以及固定欄杆的框架全都是木製的緣故。

一名隊長與四名士兵從通道走回去，等聽不見腳步聲之後，我就環視了一下監牢內部。

大約四張半榻榻米的空間內有兩張簡樸的床與一張桌子。桌上放了水壺和杯子。牆壁上以送火茸的盆栽來取代燈籠。

亞絲娜走到桌前，拿起水壺緊盯著它看。本體是玻璃製但把手是木頭。杯子就完全是木製了。桌子與床都是以複雜的榫卯所組成，根本看不到任何釘子。看來這間牢房——不對，我看整座哈林樹宮都沒有使用任何金屬。例外大概就只有黑暗精靈們身上攜帶的武器和防具吧。

不知不覺間左手觸碰著腰際，但愛劍不在那裡了。我的日暮之劍和亞絲娜的騎士細劍，以及兩只留斯拉之認證都在被押送到這間地下監牢前被拿走，然後被放進像是保管庫的小房間裡了。

我把嘆息吞了回去，左手抓住杯子並且倒水，慎重起見還是聞了聞味道才一飲而盡。由於沒有亮起中毒或是麻痺的異常狀態圖示，我就在另外的杯子裡倒水，遞給呆立在牢房正中央的亞絲娜。

「來，喝吧。雖然只是水。」

「…………嗯。」

老實點點頭的亞絲娜，以雙手接過杯子後湊到嘴邊，然後一小口、一小口地喝著。雖然不是很冰涼但似乎有讓心情冷靜下來的效果，原本空虛的瞳眸又有了光芒。眨了兩三次眼睛後筆直地看著我——

「……基滋梅爾是不是也被抓進這個監獄呢？」

這個突然直指核心的問題，讓我稍微思考了一下後才回答：

「就算是這樣，也不會是在附近的牢房。如果在附近的話應該會呼喚我們……嗯……地圖有記錄下來嗎……」

打開視窗後移到地圖標籤。幸好哈林樹宮的地圖確實顯示出來了，這時亞絲娜也來到我身邊窺看著地圖。雖然還有大部分仍呈現灰色，但是大概可以推測出監獄全體的構造。

「我們目前所在的牢房是在地下二樓的西側。然後樓梯與衛兵的哨所是在正中央。這就表示，東側可能也有牢房。」

「基滋梅爾在那裡嗎？」

「有可能。」

我剛點完頭，亞絲娜就輕咬嘴唇。最後以承受著疼痛般的沙啞聲音——

「……在第六層的時候，我問基滋梅爾會不會被追究祕鑰遭到奪走的責任時，你還記得她是怎麼回答我的吧。」

「嗯……她說『我是由女王陛下敘任的槐樹騎士團團員，所以只有騎士團長與陛下有權利遷責……不對，是譴責我』。」

「正如這句話所說的，基滋梅爾在第六層的嘎雷城是無法被究責。如果被究責的話，應該就被關進嘎雷城的牢房裡面了……但是第七層卻被抓住了，到底是為什麼呢……」

「唔嗯……」

也難怪亞絲娜會有這樣的疑問。我抬頭看向貼著木板的天花板，一半像是說給自己聽般回答：

「以常理來看，這座哈林樹宮存在立場上能將基滋梅爾關進牢房的人……也就表示不是槐樹騎士團團長就是黑暗精靈的女王陛下在這裡，但我認為實際上應該不可能才對。因為那兩個人不可能離開第九層的城堡。如此一來……就是基滋梅爾也不知道的某個跟騎士團長擁有同等權力的人也在這個據點……？」

「擁有同等權力的人，比如說呢？」

「比如說其他騎士團……呃……」

當我語塞的瞬間，亞絲娜就幫忙填補了我的記憶。

「檀樹騎士團和枸橘騎士團。」

「對，其中之一的團長之類的。」

「但是，如果槐樹騎士團的團長不會離開城堡的話，其他騎士團的團長應該也是一樣才對吧？」

「…………確實是這樣。」

聽她這麼說，我也只能點頭。稍微猶豫了一下後，我就追加了說明。

「雖然這樣有點透露劇情……精靈戰爭活動任務到了第九層的城堡後，就會變成三個騎士團團長各自指派較長的跑腿任務。不過如果某個團長不在城堡裡的話，就連想承接任務以及進行報告都辦不到了。」

「原來如此……」

皺起眉頭低下頭去的亞絲娜，突然快速抬起頭來。

「啊……對了，只要確認那個就可以了！任務記錄！」

「啊。」

認真地望著栗色眼睛後，我就趕忙在還開著的視窗上動起手指。

從地圖標籤移動到任務標籤，打開精靈戰爭任務的樹狀圖。至今為止攻略過的各層連續任務，也就是「翡翠祕鑰」、「琉璃祕鑰」、「琥珀祕鑰」、「瑪瑙祕鑰」並排著的最下方出現了名為「紅玉祕鑰」的標題。

我用食指擊點那個文字列。新的樹狀圖攤開，出現應該是第一個連續任務的標題。上面寫著「樹宮的俘虜」。

亞絲娜把頭靠了過來，看著以小字寫成的任務記錄。

「被懷疑與墮落精靈串通，因此被關進哈林樹宮的地下監牢。為了洗清嫌疑，必須跟騎士基滋梅爾會合。首先從牢裡脫逃，回收被奪走的武器吧。」

「…………」

一起沉默了三秒鐘後，兩個人同時開口。

以手勢表示「妳先說」後，亞絲娜就小聲說出一串話來。

「這是表示四把祕鑰被墮落精靈奪走也是劇情之一嘍？還是說像賽龍時那樣……」

「某個人，或者什麼事情讓任務配合預料之外的發展改變了內容。」

我接在亞絲娜的話後面這麼呢喃。

第六層主街區史塔基翁的領主賽龍被ＰＫ集團的斧使摩魯特殺死時，我原本認為「史塔基翁的詛咒」任務無法再進行下去了。但是故事卻連受到玩家影響而出現的賽龍死亡都加以吸收，引導我們開始新的發展。這次恐怕也是同樣的情形。

「……如此一來，就得有逃獄被衛兵發現，可能就不只是再次回到這裡的覺悟比較好喔。」

「的確是這樣……最慘的狀況可能會出現處刑之類的發展。怎麼辦？要再觀察一下狀況嗎？」

「不了。」

立刻回答完後，亞絲娜就以充滿堅定意志的眼睛直盯著我看。

「祕鑰之所以被奪走，都是基滋梅爾為了要救我們。如果因此而被問罪，那我們必須盡快幫她洗清汙名才行。」

「……說得也是。」

用力點頭回應後，我就關上視窗。

「既然這麼決定了，首先得逃出牢房。看來那些欄杆是木製，以副武器使出劍技的話應該能加以破壞，但那麼做絕對會發出很大的聲響……」

「嗯……如果只是要逃到外面也就算了，但還得取回武器並且找到基滋梅爾才行……」

亞絲娜發出沉吟聲，同時走向隔開牢房與通道的欄杆。

我也站到她旁邊再次仔細地檢查起欄杆。浮出木紋的欄杆不是圓棒而是方木條，只有這個地方饒富日本時代劇的趣味。每一根木條大約是三公分左右的正方形，然後以十五公分左右的間隔呈直向與橫向緊密地組合在一起。就連「老鼠」也無法從這個縫隙中逃脫吧。

當我這麼想的瞬間，就想到另一個任務的事情。我們在今天的正午——最晚也要在下午一點之前，必須找到二十個成熟的那索斯樹果，把它們送到窩魯布達內妮露妮爾的房間。

現在是凌晨五點四十分。雖說還有時間，不過照現在的情況來看，亞絲娜說提早三個小時出發真是絕佳的提議。為了不浪費這個幸運，必須盡快跟基滋梅爾會合，然後逃離哈林樹宮才行。

右手握住烏亮的方木條，然後試著用力搖晃。雖然自認為筋力值在攻略集團內已經算高的了，但不要說折斷了，根本沒有發出任何聲響。

接著從道具欄裡取出小刀試著削削看。但不知道是怎麼回事，方木條就像上了油一樣，刀刃碰上去就會滑開。

看來沒辦法不發出聲音將其破壞了……當我這麼想時，調查牢門鎖頭部分的亞絲娜就靠過來表示：

「怎麼看都需要開鎖技能才能夠打開。」

「我想也是……但現在也沒時間重新設置技能並且提升熟練度了……」

「我想用木頭製成應該是突破的重點。你有沒有鋸子？」

「沒有……早知道這樣，就在第四層的船匠爺爺那邊偷一把鋸子了。」

「用買的好嗎？」

側目瞪了我一眼的亞絲娜，以指尖劃過方木條。

「剩下的……就是讓老鼠來咬之類的……」

我想她說的不是亞魯戈的綽號而是真正的老鼠，但牢裡面很乾淨，也沒有讓老鼠一家生活的洞穴。

「不然……就是淋水讓它腐化之類的……」

雖然有很多水，然要讓一個地方腐化至少得花一個月左右吧。

不能只在腦袋裡否定亞絲娜的提案，我也得說些什麼才行，這麼想的我拚命思考著，但不論如何絞盡腦汁都想不出好方法。如此一來只能放棄偷偷逃出，乾脆在牢裡放火引發大騷動，然後趁隙用劍技……當我浮現這種自暴自棄想法的瞬間，某個點子就成形了。

「……用火。」

聽見我的呢喃後，亞絲娜就以啞然的表情看著我。

「你說用火……難道是想引起火災？」

「沒有啦，不是燒欄杆而是讓它碳化。巧妙控制距離讓它燒焦的話，強度應該會大幅降低才對。」

「但是……只有一個地方不行吧。要燒出讓我們能夠通過的洞，至少要燒焦欄杆十個以上的地方……」

「不用，只要一個地方就夠了。」

我推著亞絲娜的背部，往右側移動一公尺左右，站到了牢門前面。

牢門也同樣是木製的欄杆，只有內藏門鎖的部分是看起來相當堅固的箱型構造。然後這個門鎖結構應該，不對，絕對也是木製。這樣的話，用火在外面仔細地烤的話，應該能讓內部也跟著碳化才對。

在露出理解表情的亞絲娜眼前，我從道具欄取出火把。當我立刻準備點火時才注意到一個重大的問題。

「嗚……」

「怎……怎麼了？」

「可惡，在這裡點火的話，整個地下監牢的送火茸就會因為連鎖反應而熄燈。連衛兵哨所的送火茸都熄燈的話，就會被發現我們正在用火了……」

當我因為太過沮喪而準備丟棄火把時，亞絲娜就用力抓住我的左臂。

「現在放棄還太早了。那只要在連鎖反應抵達哨所之前把火熄掉就好了吧？」

「嗯……是沒錯啦……」

「我從這裡觀察通道的送火茸，給你打信號時就立刻熄火。」

「…………」

真是讓人神經緊繃的作戰。但已經想不出更好的辦法，而且也沒有時間了。

「……那好吧。嗯……」

我把臉緊貼在欄杆上，從縫隙看向通道的深處。整齊排列的各個牢房之間的牆壁上也設置了裝有送火茸的燭台，綠色光線一路延伸到衛兵哨所所在的地下二樓中央部分。

「最靠近的送火茸算第一個，然後到了第二、三、四、五……第六個送火茸消失時就告訴我。」

「了解，消失了我就拍你的左肩。」

和搭檔互相點點頭後，我就蹲到門鎖正面。

一個格子，也就是十五公分的四方形木板裡藏著連靈巧的亞絲娜都束手無策的複雜門鎖機關。但越複雜耐久度應該就越低。再次確認通道沒人之後，我就擊點右手火把的點火鍵。

橘色火焰開始燃燒的一秒鐘後，照耀牢內的送火茸光線就消失了。通道上的送火茸應該會不斷因為連鎖反應而消失才對。我壓抑焦燥的心情，把火焰靠近門鎖。深茶色木板好一陣子沒有顯露任何變化，最後表面稍微變黑，然後從該處揚起淡淡的煙霧。

左肩被用力擊打後發出「啪嘰！」一聲，我急忙把手朝依然開著的操作視窗伸去，按下位於該處的熄火鍵。

火把上的火焰一瞬間就消失，牢房籠罩在黑暗當中。屏息等待了一陣子，接著背後牆上就再次亮起送火茸的光線。每隔數秒鐘，光線就逐漸回到漆黑的通路上。

「……剛才的時機沒問題嗎？」

以呢喃聲這麼詢問後，亞絲娜隔了一會兒才回答：

「嗯，哨所沒有任何人過來的樣子……現在才注意到，附近的牢房有其他囚犯的話，可能就引起騷動了……」

「確實是這樣……哎呀，反正結果一切順利。拜託妳繼續把風嘍！」

「交給我吧。」

亞絲娜進入監視態勢的同時，我就再次點燃火把。一次的作業時間大概是十秒左右。考量到不只是哨所，也可能有在外面巡邏的士兵就知道絕對不能拖太久。必須仔細判斷不會燒起來的最近距離，以最快的速度讓門鎖碳化。

第二次的加熱讓木板的中央變得焦黑。第三次該處就像炭火一樣熾熱，第四次時開始出現放射狀裂痕。現實世界的話，要讓這種厚度的木板碳化應該需要更強的火力以及數倍的時間吧，但艾恩葛朗特的「乾木材」基本上對火沒有什麼抵抗力。

第五次差點就起火燃燒，只能趕快用手把火拍熄。雖然隨著火熱感損失了一些ＨＰ，但現在沒有時間管這種事了。亞絲娜也理解我的想法而沒有多說什麼，只是集中精神在監視上。

第六次木板正中央附近變成灰燼而崩落，露出內部的齒輪與鎖扭。果然正如預測的全是木製。雖是可以稱作藝術品的精緻工藝，但我在內心向製造它的黑暗精靈道歉後，就把第七次的火焰靠近它。

幾個齒輪迅速碳化，變成粉末後崩壞——把牢門固定在門框上的鎖扭發出細微的聲音後脫落了。我立刻熄滅火把並站了起來。

「打開了！」

「ＧＪ！」

迅速和難得說出遊戲玩家用語的亞絲娜互碰一下拳頭後靜靜把門推開。一瞬間雖然有抵抗力，但門立刻就隨著粗糙碳粒摩擦的感覺打了開來。確認通道前後都沒有人在，我們便躡手躡腳走出牢房。

「……首先得回收武器才行……」

一這麼呢喃，亞絲娜也面露難色點了點頭。

「放我們劍的房間，是在衛兵哨所隔壁吧。能夠不被發現成功溜進去嗎？」

「上鎖的話就絕望了。不過也只能試試看嘍。」

「是啊。」

結束對話，開始踮著腳尖移動。邊確認左右兩邊的牢房沒有人邊走了二十公尺左右，前方就看見四角形的大廳。那裡就是地下二樓的中央部了。我記得空間的南側有往上的階梯，北側則並排著衛兵哨所與保管庫。更加慎重地前進，從通道與大廳相接的轉角窺看哨所的情況。

正如我的記憶，木板牆上並排著兩扇門，左邊的門附近有附加欄杆的窗戶。從窗戶透出比牢房明亮許多的送火茸光芒，也能聽見有人在對話的聲音。

我和亞絲娜交換了個眼神後，就彎腰斜向切過大廳，緊貼在窗戶的正下方。音量整個變大，也能夠聽見對話的內容了。

「……的牢裡好像已經有三十年沒關過新的罪人了。」

「而且還是人族。」

「是幫助那些墮落精靈的蠢貨。」

「反正一定是說要幫他們延長生命吧。」

「人族總是被這個手段給欺騙。」

一聽到這裡的瞬間，似乎感到憤慨的亞絲娜就發出簡短的鼻息。我雖然也有同感，但現在得保持冷靜來行動才行。

從聲音來判斷，應該是哨所內的兩名衛兵。由於經常可以聽見喀嚓喀嚓的食器碰撞聲，應該是在吃早餐吧。看來有一陣子不會離開房間。

我們遠離窗戶，來到隔壁的保管庫前面。邊祈禱不要上鎖邊看向房門，結果發現根本沒有鑰匙孔。迅速壓下門把，在不發出聲音的情況下慢慢開門，然後從縫隙溜進裡面。

亞絲娜一進來，我便關上門然後兩個人同時鬆了一口氣。

或許是隔間的牆壁很薄吧，仍可以聽見兩名衛兵細微的談話聲。也就是說，這裡不能用普通的聲音進行對話。

以手勢傳達「尋找武器」的意思，然後靜靜站起來環視室內。保管庫跟牢房差不多大，三面牆上設置了架子、劍架與鎧甲掛勾。

架上層層堆積了無數的木箱、皮袋等物品，劍架上也插了大大小小不同的劍。不是這種狀況的話應該會興奮地喊「寶山啊！」，但現在還是以兩人的劍，可以的話還有戒指的回收為最優先事項。

首先從形狀類似現實世界傘架的劍架開始調查。凌亂地收納的劍全都像放了好幾十年馬上就要腐朽的樣子，粗魯地觸摸劍鍔與護手可能就會掉落。

以指尖靜靜把它們分開，同時搜索了十幾秒鐘。在讓人覺得是不是在惡搞的深處才終於發現顏色與形狀都很熟悉的劍鞘，我才再次鬆了一口氣。

以手勢對在稍遠處尋找的亞絲娜傳達「找到了」的訊息。但亞絲娜也用右手指著自己前方的劍架。

抽出日暮之劍與騎士細劍後，我就看向亞絲娜所指的地點。結果該處並排著一把上面的雕刻與黑暗精靈的風格有些不同的長劍，以及一把收在黑色皮革刀鞘裡的軍刀。

不會錯了。長劍是我從森林精靈的隊長那裡入手的「精靈厚實劍」。而軍刀則是基滋梅爾被墮落精靈的副將凱伊薩拉打斷的武器。森林精靈的劍是我交給基滋梅爾讓她代替損毀的軍刀，所以幾乎可以確定她在這座地下監牢的某處了。

我把細劍交給亞絲娜，把自己的劍揹在背上後，隨即同時抽出精靈厚實劍與軍刀。

但或許是內心的焦躁讓手部發抖吧。跟兩把武器插在同一格的古劍晃動了一下，然後緩緩往旁邊的格子傾倒。

哇～～～～！

我只動著口部無聲地大叫。眼前逐漸倒下的劍撞上隔壁格子的劍，然後繼續撞上隔壁的劍……像骨牌一樣全倒下的話，應該會傳出相當吵雜的聲音吧。雖然想立刻穩住劍，但兩手都拿著東西。事到如今，只能用嘴咬住或者用念力來停住它了……

迅速伸過來的手在最後一刻阻止了悲劇。一看之下，亞絲娜從我的右側奮力探出身子，用指尖撐住了古劍。想著「得救了」的我正準備放鬆身體的力量，結果這次換成亞絲娜自己緩緩地傾倒。

——老天保佑！

在心中這麼祈禱，同時把握著基滋梅爾軍刀的右手伸到亞絲娜身體底下。由於沒有多餘的心思分辨身體的部位，結果就猛力接住胸部附近。胸甲的硬度與其內部的彈力清楚地傳遞到我的手臂上。

很久很久之後，亞絲娜這麼說了。「要是組成搭檔不到一個月，我大概會丟下劍並且放聲大叫了吧」，她帶著淡淡微笑如此表示。

但是幸好亞絲娜只是讓虛擬角色變得像木棒一樣僵硬，沒有大叫也沒有掙扎。

我用右臂把亞絲娜變成雕像一般的身體慢慢抬起來，最後讓她恢復直立姿勢。退後一步，默默地互相看著對方的臉——

「……這把劍真的很重。」

以最低聲量這麼說道的亞絲娜，左手仍然握著古劍。

「……等一下。」

以同樣的音量回答完，我就把精靈厚實劍與軍刀收進道具欄。以空出來的右手從亞絲娜那裡接過劍，確實就感覺到沉甸甸的手感。明顯比我的日暮之劍還要重。

劍柄上裝設了大型護手，白色皮革劍鞘略微彎曲。那不是直劍，跟基滋梅爾的武器一樣屬於軍刀類。整把劍看起來有點髒，護手內側甚至還有蜘蛛網，外表實在不像是高級品，但基滋

梅爾用這把軍刀可能比較順手，為了保險起見我還是把它丟進道具欄裡。

雖然流了一身冷汗，但完成了回收愛劍這個第一目標，接下來很想繼續搜尋戒指，但是五分鐘或十分鐘內不可能找遍如此大量的箱子與袋子。反正從成為罪人的時間點開始，「能夠進出黑暗精靈據點」的印章效力就等同於消失了，所以還是放棄戒指比較好吧。

小聲說明完我的想法後，亞絲娜就環視塞在四層架子上的大量鐵箱木箱皮袋布袋，然後呢喃：

「那就把箱子和袋子全部裝進道具欄，之後再慢慢找不就得了？雖然沒辦法全部裝進去就是了。」

「…………」

這個極為大膽的點子讓我好一陣子說不出話。RPG裡「有時間限制的尋物」事件不算稀有，但是連容器一起拿走絕對是超乎劇作家的想像吧。

但仔細一想就發現大量的箱子並非固定在架子上。要說有什麼擔心的地方嘛，大概就是被判定為偷盜行為而立起犯罪者橘旗，不過如果是這樣的話，剛才把古董軍刀放進道具欄的時候應該就出現警告了。這裡是禁止犯罪指令圈外，就算偷盜有資格追究我們的也只有黑暗精靈的法律而非遊戲系統。

我把手伸向架子，從層層堆積的大大小小箱子中慎重地拿起放在最上面的木箱。既沒有警鈴響起，箱子也沒有重到讓人拿不起來。把它放進依然打開的道具欄內，就分散成藍色光粒消失了。

「…………」

「…………」

和亞絲娜面面相覷之後，兩個人就不斷地讓箱子與袋子消失。由於等級比建議值高出許多，以及兩個人都沒有帶著沉重武器與防具，所以當所持重量的上限值來到九成時，箱子類已經減少到三分之一以下。雖然無法無視留斯拉之認證在剩下來的容器內的可能性，但是把道具塞到幾乎快裝滿道具欄的話，會有在出乎意料的時機超重而無法動彈的危險。

結束箱子強盜的工作關上視窗並且豎起耳朵。再次從旁邊的哨所傳來衛兵們的談話聲。黑暗精靈喜歡喝茶閒聊的個性，即使在地下監牢似乎也沒有改變。

我們再次緩緩打開門來到大廳。

對面的牆壁有著我們幾十分鐘被押送時剛剛走過的階梯。右邊的牆壁是前往西側牢房的通路。然後不知該說正如預測還是正如期望，有通道從左邊的牆壁一路往東延伸。如果基滋梅爾被囚禁的話，應該就在那邊了。

瞄了亞絲娜一眼後，我們就再次躡手躡腳進入東邊的通道。

靠著送火茸的光線，逐一確認左右的牢房。送火茸照明的亮度雖然有些不足，但無人的牢房也經常點亮著燈火，所以只要邊走邊看就能檢查牢房的任何角落。

但需要檢查的牢房也因此而快速減少。即使到達通路的一半，還是沒有找到基滋梅爾。長二十公尺左右的通道上一邊有八間牢房，合計共十六間並排在一起。還剩下八間……七間、六間、五間牢房。每一間裡頭都沒有人，看來最近幾年，不對，是幾十年都沒有用過。

我跟亞絲娜的腳步逐漸變得越來越沉重。即使如此還是不能停止確認。還有四間、三間、兩間——

「…………！」

窺看最後一間牢房的瞬間，我們就同時猛吸了一口氣。

但是膨脹的期待短短兩秒鐘就萎縮了。兩張並排的床，其中一張上面躺著某個人。體格怎麼看都不像基滋梅爾。以精靈來說，高大的體格明顯是男性。

視線對準該名人物後就出現黃色浮標。名字是「Dark Elven Prisoner」——黑暗精靈的囚犯。這樣根本看不出是什麼人，但不是基滋梅爾的話，跟對方搭話也沒有意義。引起騷動而讓衛兵跑過來的話，一切的辛苦就白費了。

我用手勢對亞絲娜傳達後退之意，自己也一點一點往後退去。由於囚犯是背對著這邊，只要不出聲應該就不會被發現……原本是這麼想，但就在動了僅僅三十公分左右的時候——

「你們不是精靈吧。到底是什麼人？」

橫躺著的囚犯就發出低沉的聲音。

在整個人僵住的我們面前，對方粗魯地撐起身體並且轉過身子。

男人身穿黑色褪成灰色的簡樸木棉上衣與長褲。頭髮與鬍子放肆地伸展，幾乎無法看清他的容貌。垂下來的黑髮瀏海底下，雙眸正綻放出銳利的光芒。

「沒有啦，沒什麼事。打擾了……」

只回答這些話，我便再次準備退後。就在這個瞬間……

「不回答的話就要叫衛兵過來嘍。」

聽沙啞的聲音這麼一說，也只能放棄逃走了。

「那個……我是人族的劍士桐人，這位是亞絲娜。」

「為什麼在這個地方？」

「我們是來找個人……」

「找誰？」

簡短的問題不斷地飛過來，根本沒有多餘的心思去考慮該不該矇混過去。有所覺悟後就說出事實。

「找的是名為基滋梅爾的近衛騎士。應該是在一天之內被帶到這裡來……」

「基滋梅爾……姓氏呢？」

這出乎意料的問題，讓我跟亞絲娜面面相覷。由於細劍使也不停搖頭，我便轉身回答：

「不……不知道。」

「唔嗯……那我就不清楚了。」

如此回應的囚犯，從床上把手朝著邊桌伸去，以跟我們牢房相同的水壺在木製杯子裡倒水。一口氣把水喝乾，把杯子放回去後，就開口提出新的問題。

「……不久前被押過來的是你們嗎？」

「是……是的。」

「那麼，那個叫做基滋梅爾的騎士就不是被關在這層。我被關在這裡三十年了，新的囚犯就只有你們而已。」

「三十年……」

不由得茫然地重複了一遍。

如果是一個月前的我，一定會認為這只不過是設定上的內容。這是因為二〇二三年的三十年前——也就是一九九三年時，不要說ＳＡＯ了，連舊世代的ＨＭＯ（Head Mounted Display）式ＶＲＭＭＯ都不存在。

但是跟基滋梅爾相遇，得知森林精靈與黑暗精靈漫長的戰爭史後，感覺我的想法就逐漸有了變化。人類玩家不潛行進來的話，這個世界的時間流逝就能加速到伺服器性能的極限，所以正式營運開始前艾恩葛朗特已經從「大地切斷」後過了數百年，甚至實際累積了更加長久歷史的可能性也不是零。

「請問……你為什麼被關進這座監牢？」

從我後面走出來的亞絲娜以沙啞的聲音這麼問道。

鬍鬚男以從深處發出光芒的雙眼筆直盯著亞絲娜看，然後說道：

「女孩，那不是人族需要知道的事情。」

像要表示話題結束了一般，男人再次躺到床鋪上。

心想至少要獲得一項有用的情報，於是我就追問下去。

「那個，這座哈林樹宮還有其他的牢房嗎？」

男人持續沉默了五秒鐘左右，最後可以聽見他用鼻子發出「哼」一聲。一瞬間浮現「咦……」的想法，但意識又被從送火茸光芒照耀不到的陰暗處傳出的聲音吸引過去。

「七樓的諸神官專用居住區裡應該也有牢房。名為基滋梅爾的騎士犯下的罪如果跟那群傢伙有關，就有可能是被帶到那裡去了。」

「但……但是……基滋梅爾的劍就在那邊的保管庫裡……」

我如此反駁的瞬間，男人再次突然撐起上半身。

「你們進入保管庫了嗎？」

「嗯……嗯，是啊。」

「唔嗯……話說回來，你們是如何在不被衛兵察覺的情況下從牢裡逃脫的？」

「那個……用火把烤牢房的門鎖……」

「…………」

沉默下來的男人，強壯的背膀開始微微震動。由於一會兒後就聽見呵呵的低沉聲音，我才終於注意到他是在笑。

當我在心裡默念「喂喂，可別發出爆笑聲啊」的時候，笑聲終於慢慢降低音量然後消失。我輕輕搖搖頭後，男人就以充滿諷刺的口氣說：

「……原來如此，人族的『幻書之術』嗎？衛兵確實沒辦法調查到那種地步。」

「是……是啊……」

我一邊點頭，一邊以接近界限的速度動著腦袋。

使用同樣的方法，就可以破壞囚禁男人的監牢門鎖。然後根據任務的文脈，這裡似乎是救出男人並讓他協助的場面。如果想出這種發展的是隸屬於ＡＲＧＵＳ的劇作家，那麼這應該就是正確答案了吧。

但是我跟亞絲娜進行的精靈戰爭活動任務，應該已經跟原本的劇情有了相當大的差異。經由茅場晶彥之手轉變成死亡遊戲，並且脫離ＡＲＧＵＳ管理的現在，我不認為是活生生的人類親手修正所有玩家的任務。如果是遊戲系統即時改寫任務，那應該要認為文脈等根本對它沒用才對吧。

眼前的囚犯作為一名活生生的人類——不對，是黑暗精靈究竟能否信任。應該判斷的就只有這個地方。

既然被關在地下監牢長達三十年，應該是犯了很嚴重的罪吧。問題是那究竟是什麼樣的罪，但才剛剛被說過「這不是人族需要知道的事」而已。其他還有沒有什麼線索——……

「那個，請問你有兄弟嗎？」

由於亞絲娜突然就丟出讓人摸不著頭腦的問題，我只能啞然看向身邊。

就連男人都感到驚訝吧，只見他不停默默地眨著眼睛，接著突然回了一句：

「為什麼這麼認為？」

「因為我認識跟你很像的黑暗精靈。」

我在內心發出「咦～～～？」的懷疑聲。亞絲娜認識的話就表示我也認識才對，但是跟這名頭髮蓬亂，滿臉鬍子的囚犯長得很像的黑暗精靈……不對，說起來男性黑暗精靈裡稱得上認識的就只有約費爾城的雷修雷恩．賽得．約費利斯子爵與嘎雷城的布乎魯姆老人，最多再加上梅朗．嘎茲．嘎雷伊翁伯爵而已。他們三個人跟囚犯的共通點大概就只有肌膚的顏色……

這個時候，腦袋中心再度靈光一閃，我也跟著瞪大眼睛。

不對，還有另一個或許稱得上是認識的黑暗精靈男性存在。

像是在等待我注意到一樣，亞絲娜這時才繼續說：

「雖然沒有告訴我們名字，不過那個人是在第三層的野營地擔任鐵匠。他幫忙我打了這把劍。」

亞絲娜靠近牢房，以左手握住騎士細劍的劍柄。反手從劍鞘把劍抽出，直接把柄頭伸進欄杆的縫隙當中。

如果是我的話，在實行這個行為前大概會猶豫個三秒鐘左右。但亞絲娜的側臉卻沒有浮現任何的擔心。

囚犯透過長長垂下的頭髮一直凝視著我們，突然就從床上下來並站起身子。腳伸進破布般的涼鞋內，一路走到欄杆前面。隨手握住亞絲娜遞過去的柄頭，把細劍拉了進去。

把劍舉到額頭附近，只讓身後牆上照過來的送火茸光芒滑過光亮的劍身一遍後，男人就表示：

「這確實是藍迪連鍛造的劍。以前盡是打一些廢鐵……經過三十年的話，拙劣的傢伙也會有一定的技術嗎？」

如果藍迪連指的就是那個不苟言笑的鐵匠，光是想像他要是知道被人叫做拙劣的傢伙會有什麼反應就覺得很恐怖。至少不會像平常那樣只是用鼻子發出「哼」一聲就算了……當我這麼想的瞬間，終於注意到剛才就有的似曾相似感究竟來自何處。男人發出的鼻息聲就跟那個鐵匠一模一樣。

男人反轉過細劍，從欄杆之間遞出劍柄。亞絲娜接過去之後，往後退一步——

「弟弟受你們照顧的話，就得回禮才行了。我幫你們尋找騎士基滋梅爾吧。」

才剛浮現「喔喔！」的想法，亞絲娜就很客氣地提出反論。

「那個，雖然很感謝你願意幫忙。但我們才是受到令弟的照顧……」

「如此優良的劍，對於精靈鐵匠來說，一輩子或許只能打出幾把。弟弟他應該靠這次的經驗有了很大的成長才對。」

「你也是鐵匠嗎？」

「…………不是。」

囚犯垂到鼻子附近的瀏海稍微晃動了一下。

「我沒有那種才能。弟弟流著跟祖父與父親相同的鐵匠之血……但是我連……」

說到這裡就停了下來，回到床邊去了。內心慌張地想著「不是說要幫忙嗎」，但男人沒有躺下而是抓起褪色的床單，從邊緣開始撕出一條細長的繩子。把凌亂的長髮統整到後腦勺，接著以即席的繩子綁了起來。

男人露出來的臉龐雖然長滿了鬍子，但還是具備符合黑暗精靈形象的端正且精悍的容貌。

以人類來說大概是三十歲後半。確實跟第三層的鐵匠長得很像——不過還有另一個讓人嚇一跳的特徵。

眼睛兩公分左右下方，有一條刀傷直接從一邊臉頰延伸到另一邊臉頰。雖然不是新傷，但是刻畫在淺黑色肌膚上的傷口，讓人感覺當初被砍中時一定是相當嚴重的傷。

或許是感覺到我們的視線了吧，男人以右手拇指劃過傷痕並且發出「哼」一聲。

男人大步靠了過來之後，就透過欄杆窺探哨所的情況。我跟亞絲娜也看向通道的前方。目前衛兵們沒有從房間裡面出來的跡象，但用完餐後或許就會過來巡邏了。我的第六感告訴我只有幾分鐘的空檔。

「我要燒鎖頭了，請稍微離開一些。」

如此搭話之後，男人便靜靜地搖了搖頭。

「不，可不可以請你們到哨所隔壁的保管庫把我的武器拿過來？」

——咦咦～要從那麼大量的劍裡找出來嗎？

把這句話吞了下去後，我開口詢問：

「……是什麼樣的劍呢？」

「軍刀。劍鍔和護手是銀製，劍柄與劍鞘是白色皮革。因為累積了三十年份的灰塵，光用看的可能找不到……」

「「…………」」

我和亞絲娜默默地面面相覷。

打開道具欄，把武器排序換成入手順序後，擊點顯示在最上面的「檀樹騎士軍刀」並且選擇實體化。

隨著細微效果音出現一把特別大的武器，接著我便用雙手把它拿起來。

基本上這個世界的髒汙特效應該短期間就會消滅了，但是沾染在劍鍔上的灰塵以及護手上纏著的蜘蛛網都紋風不動。用布擦拭的話應該能變得乾淨一些，但我覺得做到這種地步也很奇怪，於是直接把劍柄伸進欄杆裡面。

男人看起來一瞬間猶豫了一下，但隨即用右手握住軍刀的柄，然後連同刀鞘一起拉進牢裡。

注意到蜘蛛網後用鼻子發出「哼」一聲，再次抓起床單迅速但仔細地擦拭整把軍刀。軍刀雖然不至於變得跟全新的一樣——但恢復了原本的光亮，男性把它插進皮帶左側，接著緩緩抽出。

略呈弧狀的刀身，反射送火茸的光線後綻放出低調的光芒。但那不是因為髒汙的關係，原因是出自於只有長年不斷重複實戰與保養的武器才擁有的「利刃的質感」。我那把因為跟森林精靈騎士激戰而折斷的韌煉之劍＋8就帶著那樣的光輝。

當我的思緒跑到目前仍以折斷的模樣躺在道具欄深處的愛劍上時，男人便狠狠瞪了我一眼。

「往後退一點。」

「好……好的。」

我跟亞絲娜同時離開欄杆前面。男性移動到門前之後，緩緩把出鞘的軍刀舉到頭頂。

等等，你想做什麼！

但我根本沒有時間這麼大叫。刀身綻放出銀色燐光，同時響起「鈴——……」的玻璃質高音。這是劍技的技前特效。

強行以力量轟飛欄杆將會發出巨響，衛兵絕對會立刻衝過來。我和亞絲娜就是為了防止這種情形而辛苦地讓門鎖碳化，這下子苦心將全部白——

微暗當中，一道銀色閃光劃過。從牢門與門框的縫隙落下兩三粒小火花。

就只有這樣而已。別說巨響了，就連把杯子放到桌上程度的聲音都沒有。由於軍刀已經回到男人頭上，讓人很想懷疑是否真的發動了劍技，但我的眼睛確實好不容易才看見畫出鉛垂線的銀色軌跡。

男人把軍刀收回刀鞘內，往前走了兩步後用指尖推門。門發出「嘰……」的細微聲後很輕易就打開了。看向門鎖部分，鎖扭的切斷面像經過研磨般光亮。

「……剛……剛才那是什麼招式？」

忍不住這麼詢問後，男人就聳聳肩並且回答：

「應該是稱作……『凌厲光線』吧。」

完全沒有印象的劍技名稱。應該是彎刀屬性的高等劍技吧。雖然很想說「讓我看看能力值」，但說起來根本不清楚ＮＰＣ的能力值視窗要怎麼打開。或許觸碰頭頂的髮旋部分就能叫出狀態視窗，但面對這個大叔，不對，是大哥根本不敢做出這種事。

當我茫然呆立在該處，來到通道的男人就大大地伸了個懶腰，然後左右動著僵硬的脖子。如果真的被關在這個牢房裡三十年，應該會有筆墨難以形容的開放感吧，但男人似乎伸伸懶腰和動動脖子就感到滿足了，亮白色雙眸瞥了我跟亞絲娜一眼後表示：

「你們叫什麼名字？」

「那個，我是桐人……」

「我是亞絲娜。」

重新報上姓名後，男人就重複了一遍「桐人和亞絲娜嗎」。聲調完全正確，不過這是過去遇見的ＮＰＣ裡面最簡短的發音確認了。我們一點完頭……

「我叫拉維克。」

男人簡短地報上命名。這就是加入小隊的旗標，並排在視界左上的兩條ＨＰ條下方出現一條新的ＨＰ條。

同時顯示在男人浮標上的名字也無聲地產生變化。從「Dark Elven Prisoner」變成「Lavik;Dark Elven Fugitive」……遺憾的是我腦內的字典沒有收錄到Fugitive這個單字，所以決定之後再請教亞絲娜，先向前囚犯拉維克確認今後的方針。

「那麼……要怎麼到基滋梅爾所在的七樓？」

「我是說可能在七樓。」

冷冷地如此訂正完，拉維克就維持這樣的語調繼續表示：

「首先從衛兵那裡探聽出情報。」

「啥？……是……是要收買他們嗎？」

「如果你們有足以在第九層的湖畔買下房子的金錢。」

看見我和亞絲娜拚命搖頭的模樣，滿臉鬍子的黑暗精靈在夾雜著不知道第幾次的「哼」之後說道：

「那麼就用劍吧。」

11

逃獄後經過大約一個小時，目前是上午七點。

我用寬不到三公釐的繩子，不對，是帶子當救命繩，拚命地從幾乎垂直的絕壁——哈林樹宮的外牆往下降。

由於那並非人工牆壁而是天然的大樹樹幹，所以存在一定程度的手抓處與立足點能夠施力，不過距離地面大概有五十公尺。腳一個打滑，纖細的救命繩又無法承受我的重量的話，HP絕對會因為落下傷害而歸零。

但是怎麼樣都不能示弱。僅僅一公尺的左邊，以同樣的繩子綁住劍帶的亞絲娜正默默地沿著牆壁下降，右邊的拉維克則展示著足以媲美攀岩家的垂直下降。

最重要的是，我的左下方有幾分鐘前才剛剛加入小隊的黑暗精靈騎士以擔心的表情往上看著這邊。

「不要緊吧，桐人？」

這道聲音讓我好不容易擠出近似笑容的表情來做出回應。

「不……不要緊！不用在意我，妳先下去吧。」

「這恕難從命。不是說過就算沒踩穩我也會幫忙撐住你嗎？」

做出這種可靠發言的當然就是基滋梅爾了。

從樹宮第七層的牢裡救出她時，她顯得相當憔悴。幸好沒有肉體的傷害，除了劍之外的裝備也都還在身上，但是對自尊心很強烈的騎士基滋梅爾而言，被懷疑與墮落精靈串通並因此遭到羈押是絕對難以忍受的屈辱。

再次和我們相遇固然令她相當高興，但是她一開始甚至拒絕逃獄。不過在我、亞絲娜以及拉維克的說服之下，基滋梅爾才下定決心親自洗刷嫌疑，跟我們從七樓的窗戶逃離樹宮——然後才有現在的情況。

豎起耳朵之後，稍微可以聽見樹宮內衛兵們的叫聲與左右奔跑的腳步聲。但應該還要一陣子騷動才會停息。因為我們根據亞絲娜的點子，在七樓角落的一間小房間裡藏了點了火的火把。

火焰引起的連鎖反應，讓樹宮內無數的送火茸全部都熄滅了。在發現小房間內的火把並且將其熄滅之前，樹宮裡面都是一片漆黑，應該沒有多餘的心力來找我們吧。我們必須在這場大騷動當中逃到晃岩之森才行。

我把腳底下四十多公尺的空間從意識中排除，試著集中精神在眼前的樹幹上。手放到小小的樹洞上，腳攀到凸出的樹瘤，抓住垂下的蔓藤，踩著樹皮的裂縫。如果這是很久以前的RPG，那只要把控制器的控制桿往下倒就能快速往下滑，心裡忍不住這麼想著，但說起來不是完全潛行型的VRMMO就不可能變成死亡遊戲。為了下次陷入同樣狀況時做準備，有時間的話就來練習如何下懸崖吧。能夠輕鬆上下艾恩葛朗特外圍部支柱的話，應該不論什麼樣的懸崖都能不當一回事……

我想著這些事情同時拚命持續動著手腳。但是為了忘卻恐懼的逃避現實，最終似乎還是會讓集中力都跟著衰退。應該緊踏住樹瘤的腳尖一個打滑，胃部附近整個收縮起來。

但我的左腳才掉落十公分左右就碰到堅固的地面了。

悄悄往下一看，發現我踏的是直徑達一公尺的岩柱。不知不覺間已經抵達包圍哈林樹宮的石柱群。回頭看去，早就已經抵達的亞絲娜、拉維克以及基滋梅爾都默默凝視著這邊。

我乾咳了一聲，接著解開綁在劍帶上的救命繩。這條繩子是在第七層的倉庫裡找到，據說是不用鋼刀鋸好幾次絕對不會斷的高級品，雖然對於只能就這樣放棄感到可惜，但是因為綁在五十公尺上方粗大樹枝上，所以沒有回收的方法。

我依序踩著呈階梯狀的石柱，下到三個人等待著的通道。

「久等了。」

盡最大的努力裝出平靜的模樣這麼說完，基滋梅爾就笑著慰勞我說「很努力喔，桐人」，頓時覺得自己像是有生以來首次從立體格子鐵架頂端爬下來的小孩子。

避開樹宮正門所在的南邊，從垂降地點進入最近的西迴廊後，我們就一邊確認沒有追兵一邊渡過岩橋，沒有任何人跌落濕地就抵達出口。

再來只要穿越隧道狀的通道就能到森林外面——但是在那之前還有一件事情必須完成。

再次窺看一下樹宮後，我就對基滋梅爾說道：

「那個……雖然是這種狀況，但我想繞到其他地方一下可以嗎？」

「到其他地方？但這裡只有濕地喔。」

「因為需要生長在這個濕地的那索斯樹果……」

「哦，以人族來說，你也算是美食家了。」

如此插嘴的並非基滋梅爾而是拉維克。他捋著蓬亂的鬍子，咧嘴笑著說：

「那索斯樹的樹果雖然麻辣，但吃習慣後會很喜歡那種刺激感。隔了這麼久，突然也想嚐嚐了。」

在我提出「抱歉我不是想吃」的訂正前，基滋梅爾就有所反應。

「唔……我不覺得那索斯樹果有那麼……」

騎士這麼說時，臉上露出咬到澀柿子般的表情，結果拉維克就用力拍了一下她的背部。

「別這麼說嘛，騎士基滋梅爾。那索斯樹果可以增加活力喔。現在的妳最需要了吧。」

「但是拉維克先生，濕地會出現噁心的水蛭怪物吧。」

「唔……吸血海參嗎？那確實很麻煩……在水面上滴下薄荷精油就不會靠過來了，有沒有人身邊剛好有帶啊？」

在拉維克的注視下，我跟亞絲娜同時搖了搖頭。雖然不是完全掌握道具欄裡裝了哪些物品，但我不記得曾經獲得過薄荷精油這種東西。

「這樣啊……對巡邏晃岩之森的衛兵來說是必備品，樹宮的各處應該都有備貨。要不要回去拿一下？」

「拉維克先生，也不用做到那種地步吧。」

當基滋梅爾以像是困擾也像是傻眼的表情這麼說道時，突然靈機一動的我打開道具欄。如果「樹宮到處都有備貨」的話為真，那麼地下監牢的保管庫裡至少會有個一瓶吧。然後那一瓶又剛好裝在我和亞絲娜偷偷拿出來的箱子裡面。

或許是察覺到我的想法了吧，亞絲娜也打開視窗。然後依序從上方擊點顯示在道具欄的「老舊木箱」、「生鏽鐵箱」、「鞣皮袋」和「麻布袋」來顯示內容物。

大多是看起沒有什麼價值的破銅爛鐵，雖然也有首飾、護符、鑰匙等令人在意的道具名，但還是把鑑定工作延後，只專心尋找薄荷這兩個字。

擊點第十幾個箱子，把清單從上往下拖動，準備前往下一個箱子時。

「啊！」

輕叫了一聲後，我就把快關上的清單往反方向拖動。在正中央附近，理所當然般顯示著留斯拉之認證的名字。而且還是兩個。

急著想把它們拿出來時，旁邊的亞絲娜也發出「啊！」一聲。由於接著就聽見實體化的效果音，我一看之下發現視窗上出現一個綠色小瓶子。亞絲娜也看向我的視窗，然後再次發出「啊」的叫聲。

原本準備把另一只戒指還給亞絲娜，但是手隨即停了下來。刻有留斯拉紋章浮雕的戒指外觀完全相同，當然上面也沒有寫名字，所以無法分辨哪一只是亞絲娜或是我的戒指。

當我在空中開合著拇指與食指，亞絲娜就突然伸出左手。

「無所謂啦，性能都一樣吧。」

嗯，確實是這樣啦。ＳＡＯ的裝備道具原則上尺寸會自動調整，所以不用在意大小。我抓起其中一只戒指，把它套進亞絲娜伸出來的左手食指。下一個瞬間，細劍使不知道為什麼身體往後仰，但她沒有開口說話的意思，於是我便把剩下來的戒指裝備到自己的左手，接著從亞絲娜的視窗抓下小瓶子。

朝環視著濕地的拉維克走過去……

「找到薄荷精油了。」

把精油遞過去後，劍士滿臉鬍子的臉龐就綻放笑容。

「喔喔，那真是太好了。那麼開始找那索斯樹吧。」

接過小瓶子的劍士笑著加了一句：

「哎呀，就算被吸血海參貼上了，只要忍耐一下牠就會到其他地方去了。」

下一刻，身邊的基滋梅爾就露出極度厭惡的表情。之前我也曾經對亞絲娜說過幾乎同樣的話，有這種前科的我這時只能露出曖昧的笑容，並以微妙的角度點點頭。

看來拉維克似乎擁有聞出成熟那索斯樹果的特殊能力，下到濕地後短短三分鐘就找到目標的樹木了。

薄荷精油也發揮出絕佳的效果，只要每三十秒滴一滴就完全不會有吸血海參靠過來。這個情報亞魯戈應該也不知道，說起來在精靈戰爭活動中沒有走黑暗精靈路線的話，「晃岩之森」就幾乎是不用涉足的地點，在第六層相遇的專解任務公會「Q渣庫」已經撤退的現在，應該有好一陣子不會有玩家來到這裡了吧。

靜靜長在濕地角落的那索斯樹，外型與現實世界的柳樹極為相似，不過下垂到水面附近的纖細樹枝前端有成串的芒果狀果實。如果顏色也跟芒果一樣是黃色的話或許會想咬一口看看，但鮮豔紅紫色與黃綠色細直線條紋這種刺眼的配色只會使人產生這是警告色的想法。

亞絲娜與基滋梅爾似乎也有同樣的感想，拉維克發出「找到了！」的歡呼聲，踩著水靠近後拉起一根樹枝，摘下前端整個膨脹起來的樹果，深吸了一口氣後毫不猶豫地咬下去。

「沙喀」的爽快聲音之後，飄盪出甜味與辣味交雜的複雜香氣。原本想像快速咀嚼著的拉維克發出呻吟並且整個人倒下的場面，但劍士只是感覺很美味般又咬了兩三口。

突然間，視界左上角拉維克的ＨＰ條亮起了那索斯樹果模樣的圖示。從圖案無法推測出是支援效果還是異常狀態。根據妮露妮爾所說，這種樹果能夠成為脫色劑的原料，但拉維克的黑髮也沒有變成白髮的樣子。

正當我浮現「唔……」的想法，劍士就邊咬著右手上的果實邊用左手摘下新的果實朝我拋過來。

「還有很多，不用客氣盡量吃沒關係喔，桐人。」

——我不是客氣。

把這句話吞下去後，說了句「謝……謝謝」，接著瞄了那索斯樹一眼。數了一下後上面長了大約五十棵果實，就算吃一兩個也不至於無法確保任務需要的二十顆果實吧。用衣角擦了擦後，我就畏畏縮縮地開口咬下。

口感不像芒果而是跟梨子一模一樣，但香味讓人想起荔枝與胡椒。皮相當薄，果肉水分充足，而且也很甜，這樣的話在至今為止嚐過的艾恩葛朗特水果當中應該可以名列前茅……

突然有電擊般的衝擊貫穿我的舌頭。

「哦咕嗚！」

看見發出丟臉悲鳴的我，拉維克就很愉快地笑了起來。看來跟弟弟藍迪連比起來，這個哥哥的個性倒是很直爽。不過他到底是犯了什麼罪才會被關了三十年呢？

就在我一邊這麼想一邊等待舌頭的刺痛感消失時，我的ＨＰ條也亮起了顯眼的小圖示。雖然在這種狀態下效果不明，但是有調查的方法。

我急著打開視窗，移動到狀態標籤。這裡也顯示著同樣的圖示，我便用手指擊點。

「那索斯的提神：麻痺抗性、暈眩抗性小幅上升。」

——太半吊子了吧！

雖然忍不住要這麼想，但也不能還沒吃完就丟掉，當然也沒辦法推給亞絲娜，做好心理準備後就以最快速度啃著果實。幸好支援效果持續期間就不會再有電擊，順利吃完後才鬆了一口氣。

抬起臉後，發現亞絲娜與基滋梅爾在樹的另一側快速採著果實。兩人的臉上滿是絕對不會吃的決心。

我想著哪天吃飯時偷偷放到亞絲娜的盤子上，同時也加入採集的行列。根據拉維克所說，長在越低處的果實越成熟，所以便從下方開始摘。包含預備用的在內，亞絲娜放了十五顆，我則放了十顆到道具欄後，任務更新的訊息就浮現並且消失。

這樣晃岩之森的任務就成功了。由於拉維克向我索取容器，我便隨手從道具欄裡取出布袋來交給他，他隨即把剩下來的那索斯樹果塞了將近十顆進去。如果真的是喜歡那種刺痛感才吃那索斯樹果，我會覺得美食家應該不是這種人。

再次滴著薄荷精油回到迴廊西端，從這裡也存在的階梯爬上岩石平台。在樹木隧道走了一陣子，前方就能看見白色光線。

四個人同時慢慢加快腳步，最後幾乎是用衝刺的衝出隧道，結果該處是早晨陽光照耀下的草原。

深綠色覆蓋之下的低矮山丘層層相連。其遠方則聳立著灰色朦朧的巨塔——第七層迷宮塔，從地上連結上層的底部。

森林裡雖然涼爽，但外面的氣溫已經相當高。平穩的南風讓草原像波浪一樣擺動，同時帶來花香。

我們在草原前進了二十公尺左右，然後在平緩的山丘上回頭。

像小山一樣聳立的森林，其茂密的樹梢正發出「沙沙……」的聲音。光看外表，實在難以想像在那當中隱藏著被神祕光線照耀的濕地以及宮殿般的巨樹。連我們走出來的隧道這時候都幾乎難以分辨了。

豎起耳朵聽了一會兒，確認沒有追兵的氣息後，四個人才一起盡情地伸起懶腰。

「唔嗯……日光是這樣的顏色嗎……」

拉維克像感到很刺眼般眨著雙眼並自言自語。現在想起來，這個哥哥三十年多年來都只能看見送火茸的綠色燐光。

前囚犯盡情生長的鬍子與綁起來的頭髮隨著南風飄盪，這時基滋梅爾以恭敬的口氣對他說：

「……拉維克先生，要再次向你道謝。那樣下去我會被神官們判下莫須有的罪名，然後持續被關在牢裡，根本無法獲得洗刷汙名的機會。」

面對深深低下頭的基滋梅爾，拉維克以稍微恢復威嚴的聲音回應：

「騎士啊，現在道謝還太早了。這下子妳不是囚犯而是逃亡者了。雖然勸妳逃走的我或許沒資格這麼說，但在洗刷嫌疑之前再被抓到的話，下次可就不是入獄這麼簡單了。接下來才要開始辛苦呢。」

「嗯，這我很清楚。四把祕鑰被墮落精靈奪走完全是因為我的實力不足。我會重頭開始鍛鍊，下次一定要……」

「哎呀，等一下。」

以右手打斷基滋梅爾的話，拉維克先瞄了我跟亞絲娜一眼後才質問：

「輕易打敗妳跟桐人、亞絲娜的墮落精靈叫什麼名字？」

「……剎伐的凱伊薩拉。」

「那個女人嗎……那也難怪妳會落敗。黑暗精靈與森林精靈裡面，還找不到拿劍和凱伊薩拉一對一交手能獲勝，不對，應該說能戰成平手的人。」

「但是……！」

拉維克以告誡的口氣對帶響鎧甲往前走出一步的基滋梅爾宣告：

「如果凱伊薩拉的綽號『剎伐』所代表的傳說是事實，那麼她的實力就是來自於砍伐聖大樹的樹皮與樹枝所得到的詛咒之力。另一方面我們留斯拉的人民則失去聖大樹的庇祐許久……只靠基本的修練不可能獲得與凱伊薩拉同等的力量。」

「那麼拉維克先生，你的意思是今後只要凱伊薩拉出現，我就得夾著尾巴逃走？」

「我沒有這麼說。」

大大地搖頭之後，拉維克再次瞥了這邊一眼，然後開口表示：

「騎士基滋梅爾。妳已經獲得至今為止留斯拉人民與卡雷斯．歐人民都未曾得到過的力量了。」

「那……那是……？」

「和人族之間的緣分……羈絆。」

出乎意料的發言讓我和亞絲娜稍微吞下一口氣。拉維克往上看著上層的淡藍色朦朧底部，以帶著些許哀戚的聲音繼續說道：

「我們精靈從被囚禁到這座浮遊城之前就一直認為其他種族的人民屬於劣等種。不論是人族、矮人族，還有像薇麗與風精靈那樣的精靈族也……但其他種族的人民也各自有無法取代的力量。我指的不是幻書之術與遠書之術喔。這也就是說……」

話說到這裡中斷，拉維克伸出右手來輕輕拍了拍基滋梅爾的左肩。接著往這邊走過來拍了我跟亞絲娜的肩膀。

「你們已經知道我想說的話了。跟著心的引導，應該就能獲得打敗凱伊薩拉……不對，是諾爾札將軍的力量。」

——不可能不可能！

這樣的呻吟差點就衝口而出，但我還是用力把它吞了回去。只要繼續這個活動任務，總有一天得跟那個漆黑浮標的將軍戰鬥。而我跟亞絲娜已經沒有在中途丟下基滋梅爾放棄任務的選項了。

扭曲帶著橫切刀傷的臉龐對呆立現場的我們微笑一下後，拉維克就轉過身子。平穩的聲音越過他的背部傳了過來。

「受你們照顧了，桐人、亞絲娜。騎士基滋梅爾就拜託你們了。」

亞絲娜呼喚開始往北走的劍士。

「那個！再一會兒……至少在這層的期間，跟我們一起……」

但拉維克沒有停下腳步。

他只是舉起右手輕揮了一下，然後直接遠去。身穿破爛的囚犯服裝和涼鞋，武器是左腰上的一把軍刀，食物只有裝在右腰袋子內的那索斯樹果。我實在無法推測出，他以這樣的打扮要前往什麼地方。

走下山丘的背影，最後被大海般的草原淹沒再也看不見了。下一刻，拉維克在視界左上方的ＨＰ條就消失了。

好一陣子只能聽得見風聲，結果基滋梅爾突然開口丟出一句：

「那位先生應該是上一任的檀樹騎士團團長拉維克・菲恩・柯爾達西歐斯吧。」

「「團長？」」

我跟亞絲娜異口同聲地大叫起來。

檀樹騎士團是留斯拉王國引以為傲的三個近衛騎士團之一。不論是無聲切斷牢房門鎖的劍技，還是以刀背一擊就打倒兩名衛兵的實力，都讓人原本就認為他不是普通人，只不過沒想到是這樣的大人物。

「那……那樣的人怎麼會被關在牢裡三十年……？」

感到啞然的我如此詢問後，基滋梅爾就靜靜搖了搖頭。

「因為沒有留下正式紀錄，所以我也不清楚正確的原因。但是……根據過去聽到的傳聞，似乎跟約費利斯子爵有什麼糾紛……」

「「咦！」」

再次跟亞絲娜同時大叫。

我單純是因為嚇一跳，亞絲娜卻以馬上理解了什麼般的聲音表示：

「對了……拉維克先生的弟弟，稱呼約費利斯子爵為『雷修雷恩』。如果弟弟藍迪連先生跟子爵很熟的話，那麼哥哥……也……」

這時我也理解亞絲娜的話為什麼不自然減速的理由。

第四層約費爾城的城主，雷修雷恩·賽得·約費利斯子爵的臉上，有一條從額頭通過左眼來到下顎的直線傷痕。

而拉維克前團長的臉上則有一條同樣又深又銳利的橫向傷痕。

我和亞絲娜希望得到答案而看向基滋梅爾。但騎士這次也靜靜搖了搖頭。

「……約費利斯子爵沒有透露的事情，我可不能隨便說出口。拉維克先生應該是使用靈樹到第四層……」

說到這裡就再次閉上嘴巴的基滋梅爾輕呼出一口氣，然後改變表情。

她筆直地走向這邊並且張開雙臂，緊緊抱住亞絲娜。

「謝謝妳，亞絲娜。」

以帶著感情的聲音呢喃完後鬆開擁抱，接著轉身面對我。笑著把雙臂繞到我身後，使出幾乎讓胸甲發出摩擦聲的力道。

雖說不是首次跟基滋梅爾擁抱，但害羞的心情果然還是存在……心裡雖然這麼想，但這次平安再次見面的感動還是更為強烈。

「謝謝你，桐人。」

左耳接收到這樣的呢喃，我也用力抱緊基滋梅爾的身體。雙眼終於忍不住開始發熱，但不知道為什麼任務記錄更新的訊息要在這個時機下出現來破壞氣氛，也把我的意識拉回到眼前的問題。

當然不是再次跟基滋梅爾見面就能夠解決所有問題。這一層的連續任務標題是「紅玉祕鑰」，也就是說在入手祕鑰之前試煉都不會結束。

我首先對移開身體的基滋梅爾提出一直很在意的事情。

「那個……第六層的時候基滋梅爾曾說過只有騎士團長還是女王大人才能譴責妳，那為什麼會被關進哈林樹宮的大牢呢？」

「噢……是這件事嗎？」

基滋梅爾也露出嚴肅的表情，夾雜著嘆息回答：

「只能說……太不巧了，剛好有一名上級神官停留在哈林樹宮，他擁有跟騎士團長相同的權限。」

「那只能說……運氣真的太差了……」

我雖然也很想嘆氣，但還是忍了下來詢問下一個問題。

「但是，入手第七層的祕鑰並且送到哈林樹宮去的話，就能洗刷基滋梅爾與敵人串通的嫌疑了吧？」

但騎士卻伏下視線，緩緩搖了搖頭。

「很可惜的是，事情沒有那麼簡單。因為我被懷疑串通敵人，槐樹騎士團似乎被調離祕鑰回收任務了。明天應該會從王城派遣檀樹騎士團或者枸橘騎士團擔任回收部隊，然後前往第七層的『祕鑰祠堂』吧。我要是比他們先回收祕鑰，萬一在祠堂碰個正著，問題將會變得更加複雜。」

「嗚～～～～……」

事情聽起來已經很複雜了。我一邊發出沉吟聲，一邊在腦袋裡整理活動任務的狀況。

說起來，「六把祕鑰」原本是封印在散布於第三層到第八層的祠堂裡，黑暗精靈之所以開始回收它們，是因為得到敵對的森林精靈想奪取祕鑰的情報。

三個騎士團互相爭奪這個從天而降的重大任務，最後由以輕裝敏捷為優點的槐樹騎士團來負責回收祕鑰。然後騎士基滋梅爾和身為藥師的妹妹蒂爾妮爾，就隸屬於這支派遣到第三層的數十人規模的先遣部隊。

先遣部隊在第三層遭遇森林精靈的部隊，開始戰鬥後出現許多犧牲者。蒂爾妮爾也在那個時候殞命。先遣部隊的司令官率領減半的人員繼續任務，訂下由複數部隊引誘森林精靈，然後由獨自一人祕密行動前去回收祕鑰的計畫。而自願執行這個危險任務的就是基滋梅爾。

基滋梅爾雖然漂亮地從第三層的祠堂回收「翡翠祕鑰」，但是在回到野營地途中遇見森林精靈騎士並且發生戰鬥。在快要同歸於盡時我和亞絲娜闖入，打倒了原本在封測時期絕對無法擊敗的森林精靈。

之後我和亞絲娜正式成為基滋梅爾的協力者，很順利地回收第四、第五和第六層的祕鑰，但是在嘎雷城認識的小規模公會「Ｑ渣庫」成員被ＰＫ集團的黑色雨衣男抓去當人質，按照要求請基滋梅爾把四把祕鑰從城裡拿出來，並且前往指定的地點赴約，結果墮落精靈的副將凱伊薩拉現身，以壓倒性力量擊敗我們後奪走所有祕鑰……這就是事情的發展。

那樣的時機實在無法認為是偶然，而且還有ＰＫ集團的摩魯特與短刀使擁有墮落精靈的短劍與毒針這樣的旁證。也就是說不知道為什麼，ＰＫ集團與墮落精靈這目前艾恩葛朗特的兩大危險勢力似乎聯手了，不過當下的問題是黑暗精靈內部的情況。

如果基滋梅爾所屬的槐樹騎士團讓指揮祕鑰回收作戰的神官們不高興，因此被調離任務的話，那也是請她拿出祕鑰的我們所害。雖說是為了拯救Q渣庫的眾成員，但那是人族——不對，是玩家自己的問題，本來黑暗精靈就沒有必要惹禍上身。但是基滋梅爾卻沒有絲毫猶豫就幫忙從城裡取出祕鑰，因此我們這次無論如何都要幫助她洗刷這個不白之冤才行。

「……～～～嗯。」

花了幾秒鐘整理完狀況的我，抬起頭來這麼說道：

「也就是說，檀樹騎士團或枸橘騎士團的回收部隊任務失敗，之後我們再回收祕鑰的話就沒問題了對吧？」

結果基滋梅爾和亞絲娜就像姊妹一樣露出相似的猜疑表情。

「喂，桐人。你不會是想阻礙回收部隊吧？」

「對啊，桐人，再怎麼說那麼做都太過分了。」

「不……不會啦，我不會那樣！」

我急忙加以否定，同時拚命思考該怎麼說明才好。

我之所以說出新的回收部隊可能會失敗，是因為這是「我和亞絲娜的任務」。RPG的任務基本上是讓玩家辛苦才能達成目標的構造。如果光是等待就有其他NPC幫忙達成目標的話，當然沒有比這更輕鬆的事了。

但是另一方面也存在競爭型的任務。與NPC爭搶誰先達成目標，獲勝的話就算完成任務，輸了則算失敗。現在進行中的「紅玉祕鑰」如果進入這樣的發展，新的回收部隊獲得祕鑰的瞬間精靈戰爭活動任務本身就會被判定為失敗，任務可能會就此結束。

但是沒辦法跟基滋梅爾說明這樣的推測。對她來說這不是遊戲的任務，而是真正的職務兼真正的人生。

現在打開視窗查看任務記錄的話，更新過後的導覽文字或許會給我們行動的方針。但我不想在基滋梅爾面前這麼做。無論如何都得用我們自己的頭腦思考，然後選擇認為是最佳的行動。

「……基滋梅爾，這一層的祕鑰祠堂在什麼地方？」

考慮到跟封測時期可能有出入，我便開口如此問道。結果騎士露出稍微思考一下的模樣後，隨即指著迷宮塔的方位。

「因為沒有看指令書所以無法斷言，不過確實是在『天柱之塔』往南一點的地方。」

那就跟封測時期一樣了。從窩魯布達與迷宮塔之間一個叫做布拉米歐的城鎮往西前進，應該不到一個小時就能抵達。

「這樣啊……新的回收部隊是明天會來第七層吧？知道具體的時間嗎……？」

我這不合理的難題讓基滋梅爾露出一瞬間的苦笑後才回答：

「實在沒辦法連時間都知道。但是傳令從哈林樹宮通過北方的靈樹抵達第九層的城堡，神官們決定要給檀樹騎士團還是枸橘騎士團任務，編組回收部隊再利用靈樹到第七層……考慮到這些流程，今天以內應該不可能完成吧。明天早上從第九層出發，經由靈樹抵達祠堂，最快也得要明天中午左右。」

「中午嗎……」

如此呢喃完，決定聽天由命的我開始制定行動方針。用力吸了一口氣，呼出之後，我就依序看著基滋梅爾與亞絲娜的臉然後說：

「既然無法由我們回收紅玉祕鑰，那麼要洗清基滋梅爾的罪嫌就只有取回被奪走的四把祕鑰了。」

亞絲娜發出「咦……」一聲……

基滋梅爾壓低聲音表示「你說什麼？」

「桐人，你認真的嗎？如果能這麼做那事情就簡單多了……但是連祕鑰在哪裡都不知道喔？」

視線再次從說出一大串話的亞絲娜那裡移到基滋梅爾身上，接著我便說道：

「墮落精靈應該打算在回收部隊入手紅玉鑰匙，準備從祠堂回去時才發動襲擊。因為至今為止幾乎都是這樣。」

「…………」

面對沉默的基滋梅爾，我開始說明起極度挑戰她心中善惡界線的作戰。

「我們藏身在祠堂的出口附近，然後跟蹤入手祕鑰後走出來的回收部隊。墮落精靈發動襲擊的話就稍微觀察一下情況，回收部隊順利擊退他們的話，就跟在撤退的墮落精靈後面。如果快輸掉的話就去幫忙，那個時候就追上逃走的墮落精靈來找出他們的基地。」

即使我閉上嘴巴，基滋梅爾還是沉默了好一陣子。

經過五秒鐘左右，她就丟出一句：

「也就是要把回收部隊當成誘餌嗎？」

「沒……沒有啦，既然不管我們在不在墮落精靈都會發動襲擊，當誘餌似乎有點不太一樣。而且情況危急的話我們也會加入戰鬥……以公平的眼光來看，幫助人占了八成，只利用剩下來的兩成左右，我想大概是這樣吧。」

「…………」

基滋梅爾再次陷入沉默。看來是沒辦法說服她了……當我這麼想的時候，騎士的肩膀就微微震動，最後更傳出低調的笑聲。

「呵……呵呵呵……桐人，你還是老樣子。拉維克先生所說的『人族無可取代的力量』，你的話或許就是那超厚的臉皮吧。」

還來不及表示「咦～～這麼說我這個純真的少年真是太過分」，亞絲娜就笑著說：

「啊哈哈，一定是了。因為我絕對想不出這樣的作戰。」

雖然心裡想著「真的是這樣嗎～」，但經過一段算長的搭檔生活後，我已經獲得此時不把這種想法說出口的小聰明了。我只是刻意地乾咳了幾聲，接著就確認兩人的意思。

「那麼，目前的方針大概就是這樣了，可以嗎？」

「嗯，好吧。」「我也可以喔。」

由於基滋梅爾和亞絲娜都點頭了，我就瞄了一眼顯示的時間。目前才剛過上午八點。目前所在的地點不是在晃岩之森的南側而是在西側，所以稍微繞了遠路，但是不用趕路也能在十點左右抵達窩魯布達吧。輕輕鬆鬆就能在妮露妮爾指定的下午一點前完成任務——不對，還是稍微加快腳步，去幫忙獨自一人寂寞地收集烏魯茲石的亞魯戈比較好。

不過那也得基滋梅爾同意先到窩魯布達去才行。不過，她在第六層史塔基翁時也對許多事物感到新奇，應該不會拒絕才對……這麼想的我就再次轉向騎士。

「那麼，基滋梅爾，有件事想跟妳商量一下……」

亞魯戈跟基滋梅爾只是在第四層的樓層魔王戰之前曾經一瞬間相遇，幾乎可以算是初次見面，不過或許是持續跟米亞與賽亞諾、妮露妮爾、琪歐等高度ＡＩ化ＮＰＣ交流的緣故吧，亞魯戈沒有露出太疑惑的模樣就歡迎我們跟她會合。

不過就算是這樣，對於「老鼠」亞魯戈來說，精靈戰爭活動任務的指南ＮＰＣ基滋梅爾竟然爽快地答應幫忙尋找毫無關係的烏魯茲石仍是出乎意料的發展。她數次看向在寬廣河岸上一邊跟亞絲娜聊天一邊開心進行著作業的黑暗精靈騎士，然後發出「唔嗯」和「哎呀哎呀」等呢喃聲，只希望她不是在想一些偷雞摸狗——像是讓基滋梅爾幫忙賺取經驗值——的事情。

尋找的烏魯茲石是直徑約兩公分左右的黑色礦石，雖然具備發出金屬光澤的特徵，但要在深夜中尋找的話效率實在太差了。而且還有顏色相似但沒有光澤的冒牌烏魯茲石、顏色與質感都完全相同但去撿就會以鉗子夾你手指的河蟹，讓任務的難度增加了五成左右。

即使如此，亞魯戈也已經找到二十顆以上，剩餘的數量由四個人一起尋找，不到一個小時就完成了。確認任務記錄已經更新，用亞魯戈從道具欄取出的果汁乾杯之後，就朝著河岸東邊的窩魯布達前進。

基滋梅爾就像在第六層進入史塔基翁的時候那樣，把淡黑色連帽斗篷的兜帽整個拉下來，鎧甲也以斗篷確實地蓋住。即使如此，在通過大門時還是讓我有點緊張，但是守門的NPC完全沒有警戒的樣子就讓我們通過了。

窩魯布達的西門，是在沿著東西向海岸建築起來的窩魯布達西北角，所以一穿過大門立刻就能眺望純白與深藍色街景。在小廣場停下腳步的基滋梅爾，沉默了好一陣子後才乘著嘆息呢喃道：

「這……實在太美了。第六層的史塔基翁太過四四方方，讓我一直無法平靜下來，但這個城市就讓人想在這裡待上一陣子。南邊可以見到的是海嗎？」

我稍微歪著脖子來回答這個問題。

「既然在艾恩葛朗特，就很難說是真正的海……不過基本上還是鹹水啦。」

「那應該是『大地切斷』時，切下了海洋的一角吧。」

基滋梅爾的話讓亞絲娜發出「噢」的聲音。

「對喔，原來是這樣。那如果有把一整座小島切下來的樓層，該處的面積就大部分會是海洋吧。」

照道理來說確實是這樣沒錯。我一邊佩服亞絲娜的想像力一邊表示：

「這樣攻略就很輕鬆了。因為只要離開主街區，迷宮塔就在眼前了吧？」

這個瞬間，亞絲娜和基滋梅爾就以無言的表情嘆了口氣，亞魯戈像要表示「真受不了你」般搖著頭。為了爭回面子，我乾咳了幾聲後繼續說道：

「那個……對了，入手通行證的話基滋梅爾也能到沙灘……海邊去了。妳沒到海裡面去過吧。」

「確實是沒有……不過通行證是什麼？」

面對露出納悶表情的騎士，我開口說明一般人無法使用整座沙灘。但基滋梅爾的疑問仍然沒有消失。

「真虧所有城市的居民都願意遵守這種規則耶。到底是什麼人禁止他人進入呢？」

「呃……等一下要去見的人吧……」

如此回答完後才覺得糟糕了。實在不認為自尊心強烈的黑暗精靈騎士基滋梅爾，和甚至比精靈更加傲慢的妮露妮爾大人，還有發誓對主人絕對忠誠的戰鬥女僕琪歐能處得來。在見面前就降低印象值怎麼想都是錯著……但也不能讓基滋梅爾自己一個人在賭場外面等待。

我祈禱著不要出現基滋梅爾與琪歐其中之一，或者是雙方同時拔出武器的發展並說道：

「那麼……差不多該走了吧。」

明明還不到中午，就有許多客人進出於窩魯布達大賭場。

幸好當中沒有看到ALS和DKB的成員。亞絲娜傳訊息詢問莉庭後，得知為了療癒昨天的大敗而舉行名為反省會的宴席一直到深夜，兩公會今天都從正午才開始活動。

說是大敗，其實在怪物鬥技場輸掉的五萬枚＝五百萬珂爾是按照必勝祕笈的預測下注所贏得的金額，實際的損失只有作為賭本的一萬一千珂爾……雖然忍不住這麼想，但那絕不是一筆小錢，如果遭遇到同樣的事情我也會想喝個爛醉。

今天凜德和牙王還會想要挑戰怪鬥嗎？還是會忘掉那把破壞平衡的窩魯布達之劍，集中精神在攻略樓層上呢？

可以的話希望是後者，這麼想不單純是因為嫉妒，而是因為知道鬥技場橫行著弊端與陰謀。白天與夜晚加起來的十場比賽，柯爾羅伊家應該大部分都用了作弊手段來大量捲走賭客的籌碼。賣必勝祕笈給ALS與DKB的男人絕對是柯爾羅伊家的手下。

不過販賣必勝祕笈的男人是在主街區雷庫西歐的西門前面，要入手今天比賽的必勝祕笈就得特別回到雷庫西歐。就算是凜德跟牙王應該也不會做到那種地步吧，而且也不會在沒有祕笈的情況下挑戰競技場。今天早上也跟亞絲娜說過，那兩個人應該會把一萬一千珂爾當成學費而放棄再賭。

我祈禱著他們能這麼做，同時跟在女生們後面進入賭場。

亞魯戈拿出通行證後上到三樓，走在超高級飯店的微暗走廊上，最後來到十七號房前面。

亞魯戈跟昨天一樣敲了兩次門後，裡面就傳出琪歐的聲音。

「哪位？」

「亞魯戈喲。還有三個伙伴……不對，是三個助手。」

「多了一個人嗎？」

「別擔心。她比桐人有禮貌多了喲。」

一瞬間浮現「妳說什麼」的想法，不過她說的的確是事實。一會兒後傳出喀嚓的開鎖聲，門隨即打開了。

以亞魯戈、亞絲娜、基滋梅爾、我這樣的順序入內後再次確認時間。十一點三十分——比妮露妮爾指定的下午一點早了九十分鐘。但就算是這樣還是不會給我們獎勵，說起來接受這個任務的是亞魯戈，我和亞絲娜的報酬不是金錢而是「雪樹的花蕾」的入手方法。

明明是白天，寬敞的套房卻跟昨天一樣處於微暗狀態。窗外的光線完全被厚厚窗簾擋住，幾盞油燈——當然不是送火茸——低調地放出光芒。

在這樣的光線照耀下的巨大沙發怎麼看都不像有人。覺得奇怪而眨了眨眼睛，站在我們正面的琪歐就有一點點不好意思般表示：

「妮露妮爾小姐還在休息。十二點就會起來了，你們能在這裡喝杯茶等一下嗎？」

「當然沒問題嘍。是我們不該這麼早來。」

亞魯戈這麼回答完，琪歐的視線就移到在後面的我們身上。看見斗篷兜帽整個拉下來的基滋梅爾，鳳眼就微微瞇起。

「這位也是冒險者？」

「……不……」

基滋梅爾露出有些猶豫的模樣後，緩緩把兜帽褪下。

下一個瞬間——

「——留斯利民！」

發出尖銳叫聲的琪歐，把手伸向左腰的穿甲刺劍。基滋梅爾雖然不至於握住軍刀刀柄，但左腳也迅速後退擺出側身的姿勢。

我急忙往前走出一步，同時呢喃著「什麼是留斯利民？」。結果身邊的亞絲娜就呢喃著回答「應該是留斯拉人的意思吧」。心想「原來如此！」的我就順勢對琪歐問道「那卡雷斯・歐人叫什麼？」

結果戰鬥女僕雖然維持殺氣騰騰的表情，還是有禮貌地回答：

「……卡雷西民。」

「原來如此～」

「別管那些了，重要的是為什麼留斯利民會在這裡！」

「哪有為什麼，因為她是伙伴啊……」

當我們進行這樣的對話時，左邊牆壁上的門就打了開來，一道嬌小的人影踩著拖鞋進入客廳。

「什麼事？吵死人了……」

這麼說完就打了個大大呵欠的，是有著垂到腰下的柔軟金髮、通透的雪白肌膚以及寶石般深紅色眼珠的少女。左臂抱著巨大枕頭，身上穿著黑色睡袍。頭上浮著顯示任務進行中的「？」立體圖示。

支配窩魯布達大賭場的兩大家族之一，那庫特伊家的當家妮露妮爾，在無人的五人座沙發前停下腳步並且轉向我們。她的身高明明比在場所有人都還矮，不知道為什麼卻有種被她從高處睥睨的感覺。

幾乎快拔出穿甲刺劍的琪歐，像是對引起騷動感到丟臉般行了一禮，但還是待在與基滋梅爾對峙的位置一動也不動。

這時候基滋梅爾採取的行動，讓我因為太過驚訝而張大了嘴巴。

剛發現她默默地凝視著妮露妮爾，左膝突然就跪到地毯上。接著把右手貼在胸口，深深低下頭來——

「我是留斯拉的騎士，名叫基滋梅爾。在您歇息時貿然來訪，在此由衷地向您道歉。」

我看見視界角落的亞絲娜也瞪大了雙眼。

妮露妮爾小姐確實有著不符合小女孩外表的威嚴，同時也是建造出窩魯布達的英雄法魯哈利的子孫，但說到底也只是賭場的老大，並非什麼王公貴族。但是高傲的近衛騎士基滋梅爾竟然會屈膝表示恭敬之意。連面對約費利斯子爵時她都沒這麼做了。

但是妮露妮爾也像理所當然般輕輕點頭，然後說道：

「別在意，基滋梅爾。妳幫忙了亞魯戈他們對吧？那麼，妳也是我的客人。站起來坐到沙發上吧。琪歐，給大家上茶。」

「……不需要保管他們的劍嗎？」

聽見琪歐的問題後，當家露出忍耐著不打呵欠的動作回答：

「不用了，留斯拉的騎士不可能承接暗殺任務。」

小女孩把左臂抱著的枕頭丟到已經有好幾個抱枕的五人座沙發正中央，然後輕輕坐到旁邊。

由於這時基滋梅爾終於起身，我們也移動到放在對面的三人座沙發，分成我和亞魯戈，亞絲娜跟基滋梅爾的組別坐了下來。琪歐立刻在矮桌上排起杯子，接著倒下泡好的紅茶，我道完謝後就喝了一口。

茶葉似乎跟昨天的不同，傳出來的不是麝香葡萄而是柑橘類的香味，不過同樣很好喝。雖然好喝——老實說，跟紅茶比起來我比較想要茶點。因為從今天早上到現在，只有吃了那索斯樹的樹果感受到刺激而已。但是當然不可能在此提出要求，而且應該同樣飢腸轆轆的亞絲娜她們還是一臉輕鬆的模樣，我只能腹肌拚命用力忍耐著飢餓。

或許因為是白天，這時妮露妮爾也啜著紅茶而不是喝酒，最後可能是睡意消失了吧，只見她看著亞魯戈說：

「那麼……拜託你們的東西都收集到了嗎？」

「當然了。可以在這裡拿出來嗎？」

「等一下。琪歐，拿兩個大盆子來。」

「好的。」

琪歐從牆邊的櫥櫃拿出兩個銀色大盆子，接著把它們拿到矮桌上排在一起，妮露妮爾隨即用手掌指示著盆子。

我和亞魯戈面面相覷，同時打開道具欄。我實體化較大，亞魯戈實體化較小的布袋，然後把內容物倒進盆子。

妮露妮爾首先拿起刺眼顏色的那索斯樹果，仔細盯著看後才把它放回去。接著從盆子裡抓起烏魯茲石，同樣檢查了一下後才放回去。

「……成熟的那索斯樹果二十個和烏魯茲石五十個，確實收到了。辛苦你們……琪歐，給他們報酬。」

女僕取出小小的皮袋，接過去的亞魯戈說了聲「謝啦！」的瞬間，妮露妮爾頭上的「？」就消失了。

——才剛這麼想，竟然又出現「！」的符號。看來任務還要繼續下去。妮露妮爾喝了一口紅茶，有些像自言自語般說道：

「這樣就能製作脫色劑。那隻作弊的赭色野犬是晚上的第二場比賽，所以還有很多時間。只不過……柯爾羅伊家的那些傢伙也差不多開始要警戒毛皮染色的作弊被發現了。」

「就算有所警戒，已經登錄的怪物就不能再收回去了不是嗎？」

如此質問的不是我、亞絲娜或者亞魯戈而是基滋梅爾。

到賭場前的路上，曾經簡單向她說明過情況，不過她的理解力實在太驚人了。我不想用「她是AI本該如此」來解釋這一切。基滋梅爾她——不對，是所有SAO的高度AI化NPC都是自己思考、猶豫、煩惱，有時即使犯錯仍相信這是最佳選擇而持續下去的存在。

應該跟基滋梅爾同樣是高度AI的妮露妮爾輕點了一下頭後回答：

「沒錯喲。只要是登錄過的怪物就一定得出場才行。在大賭場漫長的歷史當中，這個規矩僅僅被破壞過兩次……第一次是柯爾羅伊家的僕人忘記餵食怪物，比賽前怪物的馴服狀態解除而開始暴動，沒辦法的情況下只能處分掉。第二次是那庫特伊家的小孩子潛進賭場後方的廄舍後覺得怪物很可憐而讓牠逃走，兩次都是很愚蠢的情況。」

妮露妮爾以不屑口氣說出的話，讓琪歐露出似乎有話想說的模樣，但這樣的表情立刻就消失了。點頭的基滋梅爾又繼續表示：

「那麼，不論柯爾羅伊家是否警戒，都不會阻礙讓野犬染色的毛皮褪色這樣的作戰吧……我沒想到那索斯樹果還有這種使用方式就是了。」

「我也覺得不會……但既然要做就希望能一舉成功。」

妮露妮爾把視線移到我身邊的亞魯戈身上，一臉嚴肅地表示：

「亞魯戈啊，你們應該還沒受到柯爾羅伊家的警戒。願不願意幫忙把脫色劑灑到野犬身上呢？」

「嗯……嗯～～～～」

亞魯戈之所以發出沉吟，應該是顧慮到我、亞絲娜和基滋梅爾有其他進行中的重要任務吧。但根據基滋梅爾的預測，黑暗精靈的祕鑰回收部隊大概明天中午才會抵達，我身為過去曾把全部賭在怪物鬥技場的賭客，對於陰謀的結果也很在意。

以眼神傳達「沒問題」的意思後，亞魯戈便輕點一下頭，重新轉向妮露妮爾。

「好喲，我願意幫忙。」

「這樣嗎，那太好了。」

妮露妮爾露出微笑的瞬間，頭上的立體圖示就切換成「？」。她在喝完紅茶後站了起來，拍了一下手後表示：

「既然這麼決定了，就得開始製作脫色劑才行。琪歐，準備一下鍋子。」

「咦……要在這裡做嗎？」

嚇了一跳的我如此問道，琪歐就以有些不屑的視線看向我。

「難道要去賭場的廚房做嗎？五秒鐘就會被柯爾羅伊那邊知道嘍？」

「對……對喔，您說得沒錯。」

「作為提出無聊問題的處罰，你也來幫忙吧，桐人。」

由於視界下方沒有顯示出任務記錄更新的訊息，所以這並非正式任務，單純是打雜的工作。而且是不容我拒絕的狀況。

「義……義不容辭。」

「那麼先把那索斯樹的果實搾成汁吧。」

「是可以啦，不過道具呢？」

「你的手臂前端不就有很棒的道具了？」

看來是要我用手搾。雖然忍不住想「這樣真的可以嗎……」，但我不記得曾在這個世界看過搾汁機或攪拌器。

「果汁搾到這裡。」

由於琪歐準備了新的玻璃盆，我就從銀盆裡抓起一個那索斯樹的果實。以像梨子的口感來看，用上所有筋力來搾的話會整個粉碎並且飛濺出去吧。在玻璃盆上緩緩加重力道後，紅紫色表皮上劃過的黃綠色直條紋就裂開，乳白色果汁迅速從該處溢出弄濕我的手，然後滴到盆裡。遲了一會兒開始飄盪著甜辣的香氣，味道是不錯，只要沒有那種電擊般的痛楚……當我這麼想的時候。

像超強力靜電般的電擊「啪嘰！」一聲貫穿我的手掌，我便發出悲鳴並且把那索斯樹果的殘渣丟掉。

「嗚嗚啊啊啊——！」

看見把右手高舉在空中並且扭動身軀的我，妮露妮爾就從腰部倒到沙發上同時發出尖銳的笑聲。

「啊哈哈、啊哈哈哈哈哈！」

「哈嗚哦哦……妮……妮露小姐，妳早就知道了吧！」

「啊哈哈哈哈哈，還發出『嗚嗚啊啊啊』的叫聲，啊哈哈哈哈哈！」

雖然很想撲向笑到兩腳亂踢的妮露妮爾，對她搔癢讓她笑到哭出來為止，但是對身穿睡袍

的少女這麼做實在不太合適，何況也覺得會被琪歐的穿甲刺劍在身上開出好幾個大洞。

承受著衝擊的餘韻環視四周，發現身邊的亞魯戈和坐在對面沙發的亞絲娜與基滋梅爾也開心地笑著。想著「不會吧」的我往上一看之下，就看到連琪歐都背對著這邊然後背部不停震動著。

——算了，如果這樣能讓大家暫時輕鬆一下。

對自己這麼說完之後，我才注意到那索斯樹果還有十九顆，於是便猛烈地從鼻子呼出一口氣。

13

一個小時後——中午十二點五十分。

我獨自一人在大賭場一樓的娛樂室內閒晃著。

那索斯樹果的搾汁在妮露妮爾借給我經過防水加工的皮革手套後，從第二顆開始就不必受到電擊便能完成。當我恨恨地說出「為什麼不一開始就借給我……」時，對方也很老實地回答「那就不好玩了吧」。

琪歐把盆子裡滿滿的果汁移到厚實的銅鍋裡，然後靜靜地把五十顆烏魯茲石沉到裡面並且開始加熱。接下來據說只要微火熬煮個三小時左右，就能完成一個小瓶子份的脫色劑。聽到這裡難免會浮現「既然如此怎麼不準備加倍的材料製作預備的脫色劑呢」，但這應該是為了符合RPG任務的一次定勝負規則吧。只是搶占欄杆前的位置，對戰鬥前的野犬撒下脫色劑的話，應該幾乎不可能失敗才對。

把看火的工作交給琪歐之後，妮露妮爾、亞絲娜、亞魯戈、基滋梅爾一起到飯店附屬的三溫暖去了——我雖然也被邀約但客氣地拒絕了——我便拿了樓梯的通行證下到一樓，在娛樂室的吧檯點了總匯三明治來填飽空腹，然後帶著終於滿足的心情在娛樂室裡閒晃。

這時一名在窺看輪盤的高大男性玩家的身影映入眼簾。身穿鮮豔上衣以及卡其色短褲，以細髮帶推出金色長髮的打扮……是ＤＫＢ的雙手劍使，「足球社社員」哈夫納。附近沒有看到他的同伴。

心裡想著「謝天謝地」並且準備遠離時才突然注意到。根據莉庭的情報，ＤＫＢ應該從正午就開始攻略活動。那為什麼等同副隊長的哈夫納會獨自一人在賭場裡閒逛呢？

考慮了一下後，我便悄悄靠近哈夫納，突然拍了一下他的背。

「哈囉，哈夫先生。」

「……是黑漆漆啊。我們又不是伙伴，別用綽號稱呼我。」

高大身軀嚇得僵在現場然後才轉過頭來的哈夫納，看到我的瞬間就繃起臉來。

「你還不是叫我的綽號。」

「這個……唉，算了。」

他用鼻子哼了一聲後，眼睛就看向我的左右兩邊。

「……搭檔不在嗎？」

放棄「跑去洗澡了」的回答，只簡短地回應：

「有點事不在。倒是哈夫先生一個人嗎？我聽說ＤＫＢ是中午開始活動。」

「嗯……大部分成員都在外面跑任務兼提升等級。」

從老實地告訴我這點來看，他確實是個一根腸子通到底的人。但我是個心機很重的傢伙，所以為了利用老實的哈夫納而繼續開口詢問：

「那你為什麼在這裡？副隊長不用去照顧年輕人嗎？」

「有什麼辦法，我還有別的工作啊。」

「工作……？這個嗎？」

我一指著輪盤台，兩手劍使就縮起粗壯的脖子。

「不是為了賭博啦。聽說怪鬥開始前不斷在這裡小額下注的話，賣祕笈的傢伙就會出現……」

這時他就以牙齒幾乎要發出「喀嘰」聲的速度合上嘴巴，然後繃起臉來表示：

「可惡，連不用說的都說了。你快點到別的地方去啦。」

當然不可能聽他這麼說就直接退下。因為哈夫納的話裡隱藏著危險的單字。

「等……等一下。你說賣祕笈的是昨天在雷庫西歐的西門對你們搭話的那個大叔嗎？」

「喂，黑漆漆的，你怎麼連這件事都知道。」

「你別管啦，快說。在雷庫西歐賣祕笈的傢伙會出現在這裡嗎？從誰那裡得到的情報？」

逼近之後，哈夫納就露出更為苦澀的表情告訴我：

「不知道情報的出處啦，我們的成員說有這樣的傳聞。也可能是假消息，來，你看一下那邊。」

我看向哈夫納說完話後稍微指著的方向。結果很遠的輪盤台前面也有熟悉的玩家貼在那裡。那是……ALS的三叉戟使，北海鮭魚卵。

「其他也有幾個ALS的傢伙在賭撲克還有花旗骰喲。大概全都是以必勝祕笈為目標吧。」

「……那也就是說，DKB和ALS今天還想挑戰怪鬥嗎……？」

啞然的我如此呢喃，結果哈夫納就狠狠瞪了我一眼。

「或許你想說我們學不會教訓，不過黑漆漆你也看過那把劍破壞平衡的性能了吧？」

這麼說完就用拇指所指的，是樓層中央的交換櫃檯——其最上層發出燦爛光輝的黃金長劍。

「獲得那把劍的話，不要說這一層了，到第十層左右都毫無敵手喲。你也是拿單手劍的人，可別跟我說你不想要。」

「是不會說不想要啦……但ALS的牙王是拿單手劍沒錯，你們家的凜德是彎刀使吧？難道到了這個時候才要改變武器技能？」

「怎麼可能，凜德先生才不是那麼小家子氣的人。我們這邊應該會讓席娃達使用吧。」

ＤＫＢ的另一名副隊長，「田徑社社員」席娃達確實是單手劍使。心想原來如此的我點點頭後繼續表示：

「……但昨天的怪鬥就是按照必勝祕笈才被騙光的吧？能保證今天不會發生同樣的情形嗎？」

「所以你到底是為何知道得如此詳細……」

再次繃起臉的哈夫納，像要表示話題到此為止般將雙臂環抱在胸前。

「接下去就是企業機密了。好了，拜託你快點走開。我還得釣出賣必勝祕笈的傢伙呢。」

——那個賣祕笈的傢伙十之八九是柯爾羅伊家的手下就是嘍～

我用力把這句話吞回去。跟現在的哈夫納說他大概也不會相信，說起來他根本沒聽過柯爾羅伊家的名字。

「知道了，我告訴你一個情報當成謝禮吧。」

「……什麼情報？」

「輪盤的荷官不是戴著紅黑色圖案的蝴蝶結領帶嗎？領帶的黑色面積比較大的話，球掉入黑色格子的機率比較大。紅色的話則相反。」

「……真的假的？」

我咧嘴笑著對瞪大眼睛的哈夫納說：

「不過大概是六比四的機率，不能太過相信。再見了。」

揮了揮手離開輪盤台的瞬間，我的笑容就消失了。

ＤＫＢ與ＡＬＳ仍然想靠著必勝祕笈放手一搏的情報實在太可疑了。而且今天還不是對方來兜售，變成賭博的話就會出現這種麻煩的步驟。這樣的話確實可以降低不少「被詐騙感」才對。

放手一搏的結果，只要有一邊能順利獲得「窩魯布達之劍」就再好也不過了，但恐怕不會出現這種情形。柯爾羅伊家今天應該也會試著用各種手段從兩大公會那裡捲走大筆金錢。

從娛樂室回到大廳的我，暫時先回到三樓，為了跟亞絲娜她們商量而準備走向階梯。但注意到她們尚未從三溫暖回來的可能性就停下腳步。為了有效利用時間，決定再多收集一些情報才回去。

話說回來，剛才妮露妮爾說過讓人在意的話。好像是……潛入賭場後面廄舍的小孩子，因為可憐怪物而讓牠們逃走之類的。

封測時期，賭場內可以去的範圍我已經全部探索過了，但仍不知道賭場後面有廄舍。不過既然競技場一天裡有二十隻怪物在戰鬥，確實需要讓牠們待機的場所。去看看的話，或許可以找到什麼線索。

經過許多客人往來的主要道路來到賭場外面，在豪華的正面停下腳步，接著做出迷路般的模樣左顧右盼。

從大理石門廊走下寬敞的階梯後就是正面大門，左右兩邊也有小階梯，狹窄通道一路延伸到植栽當中。雖然在意站在背後入口處左右兩邊衛兵的視線，但不能入內的話應該一開始就封鎖了吧。我以悠閒的步調走下階梯，進入左邊的通道。

望著經過仔細整理過的植栽前進了二十公尺左右，通路就直接不讓人繼續前進。擋路的是一扇黑色鑄鐵門。高大約有兩公尺半左右。

我想另一邊的通路應該也一樣吧。想到賭場後面去的話，就得想辦法越過這道門。庭院的後面應該是為了搬入馴服的野獸所準備的閘門，很容易就能想像得到警備比正門還要森嚴。

憑我現在的筋力與敏捷力，不可能垂直跳過高兩公尺半的大門。等級大概要到80或者90的時候才能辦到那種事吧。希望能在那之前就成功攻略這款死亡遊戲……我一邊這麼想，一邊檢查門的左右兩邊。

右邊的門固定在圍住庭院的圍牆上，圍牆的表面沒有能作為施力點的凹凸不平處。但是固定左門的建築物，牆壁的大理石磚呈左右交錯且凸出三公分左右。我想應該勉強可以拿來當成施力點——不過翻越這道牆會不會變成犯罪者呢？不對，那個時候應該會像進行竊盜或者不適當接觸時一樣出現警告的訊息。

出現訊息的話就立刻回頭。

如此下定決心後我就看向後面。鋪設磁磚的道路上看不見客人與衛兵的身影。我迅速靠近牆壁，把手放到凸出處。

雖然只有手指的第一指節能勾住，但是登牆的難易度跟挑戰第六層嘎雷城的外環山脈時相比可以說簡單許多。因為這是就算跌落也幾乎不會受傷的高度。下定決心後以雙手的指尖與雙腳的腳尖不停從牆壁往上爬。越過門的高度後，就往右邊水平移動。確定底下的地面後就跳了下去。

以膝蓋吸收衝擊並且著地。維持蹲姿等待了幾秒鐘，不但衛兵沒有衝過來，也沒有出現警告訊息的跡象。

站起身子，開始窺探周圍。狹窄通道與左右的植栽這樣的地形完全相同，但樹木的修剪感覺有點馬虎。

躡著腳在通路上前進，結果前方不遠處就往左彎。藏身在建築物轉角，悄悄地窺看前方。和至今一樣，建築物與牆壁間有通路筆直地往前延伸。

就這樣繼續前進的話，應該能繞到賭場後面才對。但是通道長達一百公尺，有衛兵從前面或者後面來的話就無處可逃。被抓到的話好一點可能被禁止進入賭場，慘的話可能遭到監禁，最糟糕的情況甚至可能因此豎起罪犯的旗標。

冒著如此大的風險去調查廄舍什麼的真的有意義嗎？

考慮了一陣子後，我的腳不是往後而是往前進。

妮露妮爾的野犬脫色作戰順利成功的話，柯爾羅伊家的詭計就會攤開在白日——實際上是夜晚的地下大廳——之下，屆時就能夠定仍未見過的巴達恩・柯爾羅伊的罪了吧。或許可以拿回昨天從ALS和DKB那裡捲走的合計兩萬數千珂爾。

但柯爾羅伊家仍準備了某種手段的預感一直揮之不去。如果作戰因為某種理由而失敗，兩大公會蒙受勝過昨天的損失，除了金額上的傷害之外，凜德與牙王也會喪失不少向心力。封測時期的我失去所有財產或許可以當成笑話一則，但正式營運的現在，攻略集團要是遭遇重大失敗就是與人命有關的大問題了。加上PK集團與墮落精靈這兩大危險要素，我可不想再抱著新的麻煩。

當我想到這裡時，背部就感到一股寒意，於是就停下腳步。

轉頭一看之下沒有任何人。寒意是源自自己的思考。

難道——這也跟那些傢伙有關，真的可能發生這種事嗎？繼第五層、第六層之後，PK集團又從意想不到的地方試圖讓ALS和DKB跌跤嗎？

不，這實在是自己疑心生暗鬼。第七層的轉移門是在一月五日的零點左右開通。DKB與ALS在那天的上午就移動到窩魯布達。無論怎麼想PK集團都沒有時間與柯爾羅伊家接觸並且提供作弊方法，何況我也不認為能辦到這種事。我們之所以幫助妮露妮爾，完全是因為亞魯戈接受了她的任務。

是我想太多了。黑色雨衣男和他的手下們，如果煽動的對象不只是玩家，甚至還包含了NPC的話，那麼那些傢伙就是真正的……

我在這時中斷了思考，在日光照射不到的通道上朝著更暗的那一端走去。

（待續）

後記

感謝您閱讀這本Sword Art Online刀劍神域 Progressive 7〈赤色焦熱的狂想曲（上）〉。

首先要為第六層分為上下兩集的構成向各位道歉。開始創作時原本懷抱著「只寫賭場和沙灘一本就輕鬆完結」的悠閒想法，結果卻一直到不了賭場，到了賭場後有感覺到某種陰謀的氣息，也不能放棄在第六層被奪走的祕鑰不管，故事的分量不斷地增加，回過神來時就對責任編輯寫了「請分為上下兩集吧……」的電子郵件。

內容膨脹的最大理由，感覺是因為描寫桐人與亞絲娜一起旅行、戰鬥、用餐的場面對我來說是相當快樂的事。同時進行中的Unital ring篇裡面有許多同伴，還有桐人像是攻擊部隊的隊長而亞絲娜則像是防衛部隊的隊長這樣的任務分擔，幾乎看不到只有他們兩個人一起行動的場面。或許是這種情況的反動吧，本集裡忍不住寫了許多他們兩個人的場景……但感覺這也是Progressive篇的醍醐味，所以希望讀者們也能夠喜歡。

故事終於要進展到包圍賭場的陰謀核心……雖然在這個地方出現「待續」，不過當然是預定連續推出下集。我會努力不間隔太久就把故事呈現在大家眼前，還請各位讀者稍待片刻。我想下集裡不只是好不容易才會合的基滋梅爾，亞魯戈和其他眾玩家、仍充滿謎團的妮露妮爾小姐以及明明是戰鬥女僕卻沒有戰鬥的琪歐都會大鬧一番！

然後提到Progressive！《電影版Sword Art Online刀劍神域 Progressive 無星夜的詠嘆調》在寫這篇後記的二〇二一年一月的現在正全力製作當中。本書出版時……似乎是上映日期不知道會不會發布消息了的時間點，因為是把第一層攻略篇的焦點放在亞絲娜身上重新構成的故事，我想是看過原作ＳＡＯＰ第一集的讀者還有電視動畫第一期的觀眾都能感受到新鮮心情的內容。屆時電影版也要請大家多多捧場！

最後要對剛過完年就被我拖累開始嚴苛時間表的插畫家ａｂｅｃ老師、責任編輯三木、安達說聲真的很對不起！今年似乎也會持續過著辛苦的日子，讓我們的團隊跟諸位讀者大人一起克服難關吧！

二〇二一年一月某日　川原　礫

SWORD ART ONLINE
桐人踏入了賭場暗處，
等待著他的會是──
同時，桐人身上
將降下重大異變──？
敬請期待動盪的第八集！
《Sword Art Online刀劍神域
Progressive 8》
2022年秋
發售預定!!

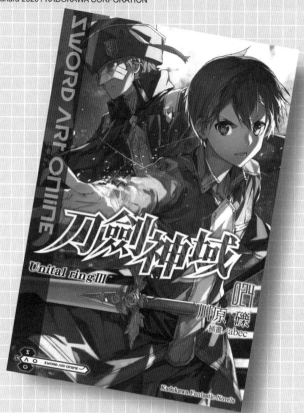

Ep. 9
—Valkyrie has landed—
86
—不存在的戰區—
There are no soldiers who can't shoot the enemy.
[作者] 安里アサト
[插畫] しらび
I-IV
EIGHTY SIX
ASATO ASATO PRESENTS
Kadokawa Fantastic Novels

青春豬頭少年不會夢到正義護理師

Kadokawa Fantastic Novels

作者：鴨志田 一　插畫：溝口ケージ

都市傳說「＃夢見」在學生間成為話題。
郁實藉此化身為「正義使者」助人？

寫下來的夢會應驗──這個都市傳說「＃夢見」在學生們的SNS成為話題。咲太目擊郁實藉此化身為「正義使者」助人，也得知她碰上了類似騷靈的現象，而且原因好像來自以前的咲太……？開啟上鎖的過去之門，青春豬頭少年系列第十一集。

各 **NT$200~260/HK$65~80**

奇諾の旅
the Beautiful World
XXIII
時雨沢 惠一
KEIICHI SIGSAWA
插畫●黑星紅白
ILLUSTRATION KOUHAKU KUROBOSHI
Kadokawa Fantastic Novels

國家圖書館出版品預行編目資料

Sword Art Online 刀劍神域 Progressive/川原礫作
; 周庭旭譯. -- 初版. -- 臺北市 : 臺灣角川股份有
限公司, 2022.01-
冊 ; 公分

譯自：ソードアート・オンライン プログレッ
シブ
ISBN 978-626-321-107-0(第7冊 : 平裝)

861.57 110018994

Kadokawa
Fantastic
Novels

Sword Art Online刀劍神域 Progressive 7
（原著名：ソードアート・オンライン　プログレッシブ7）

2022年2月10日　初版第1刷發行
2023年9月22日　初版第2刷發行

作　　者：川原　礫
插　　畫：abec
日版設計：BEE-PEE
譯　　者：周庭旭

發 行 人：岩崎剛人
總 編 輯：蔡佩芬
副總編輯：朱哲成
美術設計：吳佳昫
印　　務：李明修（主任）、張加恩（主任）、張凱棋

發 行 所：台灣角川股份有限公司
地　　址：104台北市中山區松江路223號3樓
電　　話：（02）2515-3000
傳　　真：（02）2515-0033
網　　址：www.kadokawa.com.tw
劃撥帳戶：台灣角川股份有限公司
劃撥帳號：19487412
法律顧問：有澤法律事務所
製　　版：尚騰印刷事業有限公司
ＩＳＢＮ：978-626-321-107-0

SWORD ART ONLINE PROGRESSIVE Vol.7

Edited by 電撃文庫
First published in 2021 by KADOKAWA CORPORATION,Tokyo.
Complex Chinese translation rights arranged with KADOKAWA CORPORATION,Tokyo.